Marina, Sara, Carmela und Viviana haben eins gemeinsam: Ihr Leben ist an einem Wendepunkt angelangt. Marina ist von ihrem Mann verlassen worden. Carmela erfährt, dass sie nicht mehr lange zu leben hat und verabschiedet sich von ihrem Sohn. Sara hadert mit der geplanten Ehe und beginnt eine besondere Art der Psychotherapie. Viviana kämpft mit einem belastenden Familiengeheimnis. Und so hinterlassen sie unzählige Nachrichten auf Anrufbeantwortern. Kleine und große Geständnisse, so schonungslos offen wie heilsam.

Arantza Portabales, 1973 in San Sebastián geboren, ist eine der interessantesten Stimmen Spaniens. Mit Flash Fiction – extrem kurzen Geschichten – hat die ausgebildete Juristin bereits früh für Aufregung gesorgt. Für ihren ersten Roman »Sobrevivindo« wurde sie mit dem Premio de Novela por Entregas ausgezeichnet. Mit »Alles, was geschieht, hat seinen Grund« hat sie das spanische Lesepublikum sofort für sich begeistert.

Arantza Portabales

Alles, was geschieht, hat seinen Grund

Roman

Aus dem Spanischen
von Michaela Meßner

btb

Die spanische Originalausgabe erschien 2018 unter dem Titel
»Deje su mensaje después de la señal«
bei Lumen, Penguin Random House Grupo Editorial, Barcelona.

 Dieses Buch ist auch als E-Book erhältlich.

MIX
Papier aus verantwor-
tungsvollen Quellen
FSC® C014496
FSC
www.fsc.org

Verlagsgruppe Random House FSC® N001967

2. Auflage
Deutsche Erstveröffentlichung Februar 2020
Copyright © 2017 Arantza Portabales
Die Autorin wird von der Literaturagentur
Rolling Words, Barcelona, vertreten.
Copyright © der deutschen Ausgabe 2020 btb Verlag
in der Verlagsgruppe Random House GmbH
Neumarkter Str. 28, 81673 München
Covergestaltung: semper smile, München
Umschlagmotive: © Plainpicture/Onimage/Mareen Fischinger;
Plainpicture/Design Pics/Ben Welsh; Plainpicture/Michael Monteaux;
Getty Images/Andriy Onufriyenko
Satz: Uhl + Massopust, Aalen
Druck und Einband: GGP Media GmbH, Pößneck
Alle Rechte vorbehalten.
KLü · Herstellung: sc
Printed in Germany
ISBN 978-3-442-71788-0

www.btb-verlag.de
www.facebook.com/btbverlag

Für Nando, meine »Kontaktperson im Notfall«.
Für Xoana.
Für Sabela. Immer F. F.

Nichts lässt sich mit dem Wort und dem Gespräch vergleichen. Nichts kommt dem gleich, im richtigen Moment mit der richtigen Person zu sprechen, solange die Person, mit der man spricht, zuhören mag, und die Person, die spricht, reden mag.

CARMEN MARÍA GAITE

Galaxien im Kaffee

Marina

Von dem Tag, an dem du mich verlassen hast, habe ich nur noch das Lied in Erinnerung, das gerade im Radio lief. Und dass ich Kaffee trank. Das heißt, eigentlich trank ich ihn gar nicht, ich malte Schaumspiralen in die Tasse. Die Spiralen sahen aus wie eine winzige Milchstraße. Daran erinnere ich mich. Und daran, dass du mich verlassen hast.

Das ist gelogen. Ich erinnere mich außerdem daran, dass ich dir ebenfalls einen Kaffee angeboten habe. Obwohl du nie Kaffee trinkst. Schon gar nicht sonntags. Und das ist wohl das Problem. Was ich dir zu bieten habe, ist nicht das, was du dir wünschst.

Ich erinnere mich, dass ich unsere Nachbarin im Hof Wäsche aufhängen sah. Und dass ich noch dachte: Wie dämlich, es wird doch sowieso gleich regnen. »Kaffee?«, fragte ich noch einmal ganz leise und fühlte mich klein dabei. Wie ein winziges Teilchen dieser Kaffeegalaxie, an der ich beharrlich weitermalte, indem ich den Löffel wieder und wieder in der Tasse kreisen ließ.

Ich war klein, und dein Koffer war riesengroß. Es passten alle deine Sachen hinein. Kleider. Bücher. CDs. Sieben Jahre, in einem gigantischen grauen Koffer verstaut. In dem Koffer, den wir nie benutzt haben, denn wenn er voll war, konnte ihn niemand mehr tragen, du nicht und ich nicht.

Und dann hast du geredet. Aber ich kann mich nicht erinnern, was du gesagt hast, weil ich dir nicht zuhören wollte, deshalb habe ich auf die Schaumspirale gestarrt und mir gedacht, wenn ich mich nur fest genug konzentriere, falle ich in einen tiefen Schlaf und wache noch einmal in dieser Küche auf, an einem x-beliebigen Sonntag, und trinke Kaffee, während du zum Joggen hinausgehst. Wie jeden Sonntag. Aber so kam es nicht. Das Radio spielte weiter. *A sky full of stars*, von Coldplay. Wie passend, dachte ich und starrte in die Tasse.

Sonst erinnere ich mich an nichts. Nicht einmal an den Moment, als du gingst. Vielleicht hast du die Tür hinter dir zugeknallt. Oder du bist lautlos gegangen. Vielleicht hat es am Ende geregnet. Vielleicht auch nicht. Vielleicht hat die Nachbarin Glück gehabt. Wenigstens sie.

Du hörst mir nicht zu

Carmela

Hallo, mein Sohn!

Ich spreche mit deinem Anrufbeantworter. Nein, ich bin nicht verrückt geworden. Ich weiß schon, wenn ich mit dir reden will, dann muss ich dich auf dem Handy anrufen, das du von der NGO bekommen hast. Du wirst dir diese Nachricht erst anhören können, wenn du aus dem Ausland zurück bist. Du wirst nach Hause kommen und die vielen Nachrichten finden, die deine Mutter dir hinterlassen hat. Ich weiß, dass du dich erst ein bisschen aufregen wirst, aber ich glaube, es ist trotzdem besser so. Du bist da unten und rettest kranke Kinder, und ich bin zu stolz, um den entscheidenden Anruf zu machen.

Also diesen Anruf hier, den mach ich ja. Nur den anderen nicht. Das Telefonat mit dir persönlich, das dazu führen würde, dass du sofort in den Flieger steigst. Das wäre mir nicht recht. Ich kann einiges aushalten. Tu ich jetzt ja auch. Aber nicht das. Nicht dass du leidest. Deshalb bin ich hier und rede mit deinem Anrufbeantworter. Mir ist das wichtig, dass du weißt, was mit mir ist, aber auch, dass du es jetzt noch nicht erfährst. Ich habe mir gedacht, ich ruf bei dir an und erzähle, wie es steht. Und wenn du dann zurück bist, kannst du dir alles in Ruhe anhören.

Im Grunde ist es wie bei diesen Morgensendungen im

Radio, wo man anrufen kann, wenn man etwas auf der Seele hat. Die Leute reden drauflos, als würde ihnen nicht die halbe Welt zuhören. Dass sie eine Geliebte haben. Dass sie schon seit Jahren in ihren Schwager verliebt sind. Dass sie sich nichts mehr wünschen, als eines Tages das Meer zu sehen.

Das kann ja nicht so schwer sein. Man braucht sich bloß vorzustellen, dass einem am anderen Ende der Leitung niemand zuhört. Muss bloß allen Mut zusammennehmen und es aussprechen.

Ich habe Krebs.

Und Metastasen.

So. Jetzt ist es raus.

Der Deal

Sara

Es ist zehn Uhr abends. Du arbeitest zwar viel, trotzdem gehe ich mal einfach davon aus, dass du um diese Zeit nicht mehr in der Praxis bist. Wenn es dir recht ist, würde ich unsere Sitzungen ab jetzt lieber auf diesem Weg abhalten. Über deinen Anrufbeantworter. Mach dir keine Gedanken ums Geld, ich sage Papa, er soll dir wöchentlich was überweisen. Du kannst mir per E-Mail antworten (saraviñas.1992@gmail.com). Ich weiß, du hast gesagt, dass du derjenige bist, der die Regeln unserer Sitzungen festlegt. Aber jetzt mal im Ernst. Wir machen das so oder gar nicht. In den vergangenen drei Tagen ist mir das klar geworden. Ich kann mich unmöglich in deine Praxis setzen und dir mein Leben erzählen. Allein schon, weil es darin gar nicht aussieht wie bei einem Psychologen. Es gibt keine Couch, nicht mal ein bequemes Sofa. Nur dich und mich, getrennt durch einen kleinen Tisch. Das ist mir zu nah. Du schüchterst mich ein. Du bist ein sehr großer Mann. Ich denke, wenn wir nicht mehr diese körperliche Nähe haben, die wie eine Barriere wirkt, kann ich freier reden. Und reden müssen wir, denn wenn ich nichts erzähle, dann können wir auch nicht analysieren, was mit mir los ist. Wobei ich gar nicht glaube, dass grundsätzlich was nicht stimmt. Ich bin nur ein bisschen durcheinander.

Ich finde das gut so. Ich spreche mit dem Anrufbeantworter in deiner Praxis, und du antwortest mir per Mail. Und wenn du mit meinem Vater sprichst, dann sagst du ihm, dass ich eine brave Tochter bin und immer persönlich zu dir komme.

Du erzählst ihm nichts von unserem Deal. Und ich verspreche dir, dass es keinen weiteren Versuch mehr geben wird. Auch wenn das mit den Tabletten ein Versehen war. Aber darüber sprechen wir am Mittwoch. Und du kannst beruhigt sein. Es geht mir gut.

Sehr gut.

Ich bin nur ein bisschen durcheinander.

Lügen

Viviana

Lügen ist einfach. Das Schwierige daran ist, es gut zu machen. Das ist mir immer schwergefallen. Vielleicht stimmt das auch gar nicht. Vielleicht konnte ich gut lügen, aber du warst einer dieser Superhelden-Papas. Mit Geheimkräften. Du wusstest immer, ob ich die Wahrheit sage oder nicht, da genügte ein kurzer Blick. Und trotzdem hast du mich nie bei Mama angeschwärzt.

Ich musste gerade an die morgendliche Folter denken. Die Frühstücksfolter, damals, als ich noch ein Kind war. Ich war ein elend schlechter Esser, Papa! Ich erinnere mich, wie du mir zugeblinzelt hast, wenn Mama mich vom ersten Stock herunter fragte, ob ich meinen Kaba schon getrunken hätte. Wir sollten uns beeilen. Sonst kämen wir noch zu spät zur Schule. Inés sei schon draußen. Ich habe immer mit lauter Stimme »Bin schon feeeeertig!« gebrüllt. Aber wir wussten beide, wo die Milch landen würde. Im Ausguss.

Lügen war leicht. Als ich noch ein Kind war, war alles leicht.

Heute habe ich Inés getroffen. Hier. In Madrid. Kaum zu glauben, oder? Sie hatte einen ganzen Haufen Kinder dabei. Sie waren für einen einzigen Tag in der Stadt und wollten sich ein Musical anschauen. Ich vermute, das war der Grund, warum sie in der letzten Woche nie ans Telefon gegangen ist.

Ich traf sie in der Metro, zur Stoßzeit. Wie groß ist die Wahrscheinlichkeit einer solchen Begegnung? Nicht größer als die Wahrscheinlichkeit damals, dass du nicht merken würdest, dass ich meine Frühstücksmilch nicht getrunken hatte. Inés umarmte mich und erzählte mir, letzte Woche hätte sie Mama im Heim besucht. Das war mir schon zu viel, also wechselte ich das Thema, ich habe sie sogar angelogen (lügen ist leicht) und ihr gesagt, sie sähe jünger aus, hübscher, schlanker.

»Du siehst dünn aus«, hat sie zu mir gesagt. Als ob ich das nicht wüsste. »Isst du auch genug?« Mein Gott! Sie ist so alt wie ich und redet wie ihre Mutter. »Na, und ob!«, hab ich ihr geantwortet. Danach hat sie mir das von Tante Albertina erzählt.

Was hätte ich sagen sollen? Dass ich gar nicht wusste, dass sie Alzheimer hat? Wie hätte ich zugeben sollen, dass ich nie mit Mama spreche? Ich habe so getan, als hätte man mir das schon erzählt, und eine ganz bescheuerte Ausrede erfunden, warum ich nicht angerufen habe. Ich hab ihr gesagt, ich hätte auf der Arbeit gerade fürchterlich viel zu tun. Und dann fing sie wieder davon an, ich hätte nicht extra nach Madrid ziehen müssen, um bei IKEA zu arbeiten. Dass in Loira alle denken würden, ich sei hierhergekommen, weil ich einen wichtigen Job hätte. »Die Arbeit bei IKEA ist okay«, hab ich ihr gesagt. Madrid gefällt mir. Die stickige Hitze in der Metro. Die überfüllten Treppen. Es gefällt mir, sechshundert Kilometer von dem Heim weg zu wohnen, in dem meine Mutter lebt. Es gefällt mir, mit diesem Anrufbeantworter zu reden, Papa.

Na ja, so hab ich ihr das nicht gesagt. Man kann ja nicht einfach alles sagen, was einem so durch den Kopf geht.

»Die Arbeit bei IKEA macht mir Spaß«, habe ich noch einmal gesagt.

Dabei hätte ich ihr vielleicht lieber die Wahrheit sagen sollen.

Ich bin eine Nutte.

Dann fiel mir wieder ein, dass lügen leicht ist. Dass das Schwierige ist, gut zu lügen. Also habe ich meiner Cousine in die Augen gesehen und ihr die Wahrheit erzählt. Die andere Wahrheit.

Dass die Montage der Möbel in dieser Woche kostenlos war.

Dass es drei Energiesparleuchten zum Preis von zweien gab.

Dass ich Weihnachten nach Hause kommen würde.

Teleshoppingliebe

Marina

Ich bin immer noch nicht rauf in den ersten Stock. Es ist erst zehn Tage her, noch bin ich nicht imstande, auch nur einen Fuß auf die Treppe zu setzen. Es sind jetzt anderthalb Wochen, dass du fort bist, und schon habe ich mir eine neue Welt geschaffen. Eine dunkle Welt. Und zwar nicht im übertragenen Sinn. Es ist wirklich dunkel. Ich habe alle Rollläden zugezogen und lebe in einem beruhigenden Halbdunkel, in dem nur der Fernsehbildschirm hell flackert. Wann es Tag ist und wann Nacht, erkenne ich am Programm. Ich ernähre mich von Cornflakes und Kräckern. Ich weiß, das muss ein Ende haben. Es ist bloß ein leeres Zimmer. Aber ich werde wohl so weitermachen. Bis ich sie satthabe, diese ewigen Sendungen, in denen mir Hellseherinnen weismachen wollen, dass ich es, nur weil ich im Sternzeichen Widder geboren bin, nicht verdiene, dass du zurückkommst. Und dass nichts so gut schneidet wie ein japanisches Messer – am besten kauft man gleich ein ganzes Set.

Ich weiß, du würdest zu mir sagen, ich soll damit aufhören. Die Rollläden hochziehen. Die Treppe raufgehen. Mich diesem leeren Zimmer stellen. Das ist das Schöne daran, wenn man mit einer Mailbox spricht. Ich rede und rede und stelle mir vor, was du sagen würdest. Dass ich raufgehen soll. Dass ich aus allem ein Drama mache. Und in diesem Fall muss ich dir sogar recht geben. Ich mach's auch ganz bestimmt. Nur nicht heute, auf keinen Fall. Ich mach's morgen. Heute kann ich nicht. Noch nicht. Sind ja erst zehn Tage. Und morgen elf. Ich mache es morgen. Versprochen.

Ich stell den Ton lauter. Alles bleibt, wie es war.

Wir haben noch immer keine Regierung.

Auf einen Bauchmuskeltrainer sollte niemand verzichten müssen.

Du fehlst mir.

Angst, Lacón[1] und Rübstiel

Carmela

Hallo, mein Schatz!

Du ahnst ja nicht, was für eine Erleichterung es ist, deine Nummer zu wählen und diese Nachrichten für dich hinterlassen zu können. Denn, ehrlich gesagt, ich hatte schreckliche Angst, mich nicht ordentlich von dir verabschieden zu können. Es gibt so viele Dinge, die ich dir nie sagen konnte, wie wir beide wissen.

Ich habe mich mein Leben lang nur vor einem gefürchtet. Dass du vor mir sterben könntest. Deshalb bin ich jetzt beruhigt. Denn das wird nicht geschehen. Vorm Sterben hab ich keine Angst. Vor dem Tod muss man sich nicht fürchten. Es stirbt nur, wer gelebt hat, mein Sohn. Ich habe Respekt vor dem Tod. Aber ... Angst? Angst ist nichts anderes als Unwissenheit. Ich gebe zu, ich bin vielleicht ein bisschen feige, mit Schmerzen habe ich nie gut umgehen können. Denk nur an damals, als ich in der Küche gestürzt bin und mir das Handgelenk gebrochen habe. Sterben tut bestimmt noch mehr weh. Vor allem dir. Du wirst leiden. Ach je ... Darüber will ich nicht reden. Ich weiß eigentlich gar nicht so recht, was ich sagen soll. Was soll ich dir aus meinem Leben erzählen? Dass ich nur noch von Arzt zu Arzt hetze? Mal hier hin, mal da hin,

---

1 Galicischer Vorderschinken

und das jeden Tag. Mir bleibt kaum Zeit, darüber nachzudenken, was noch alles auf mich zukommen wird. Der ganze Alltag ist so anstrengend geworden. Das fängt schon mit der Frage an, was ich essen soll. Denn bei so vielen Arztterminen, immer mit dem Bus ins Krankenhaus, da schaffe ich es nicht zur Siesta nach Hause. Ich hab es mir schon zur Gewohnheit gemacht, für mehrere Tage vorzukochen. Heute bin ich erst um vier nach Hause gekommen. Es war noch was vom Vortag übrig, das sehr lecker aussah. Es ist das Rezept mit den Steckrübenblättern von deiner Tante, die hat sie mir am Samstag vorbeigebracht. Aber ich habe gar keinen Appetit, weißt du? Ich habe den Eintopf fast nicht angerührt. So bleibt mir was für morgen. Wie schon so oft.

Scheint so, als hätte ich heute nur langweilige Sachen zu erzählen. Ich will nämlich nicht übers Krankenhaus sprechen. Über die Untersuchungen. Die Gespräche. Die Ärzte versteht ohnehin keiner. Nicht einmal dich versteht man. Übrigens, die ganzen Ergebnisse von den Untersuchungen hab ich dir in die Schublade vom Esszimmerschrank gelegt. Falls du sie lesen möchtest. Du kannst damit bestimmt mehr anfangen als ich. Und der Arzt, der mich behandelt, heißt Carracedo. Falls du mit ihm reden willst, wenn du irgendwann wieder zurück bist.

Ich habe dir auch die Fotografien dagelassen, um die du mich vor deiner Abreise gebeten hast, die von deinen Großeltern und Urgroßeltern. Du musst sie Tante Dorinda dann zurückgeben.

Und im Eisfach hab ich dir ein paar Würste von der Schlachtung aufgehoben, die hat mir deine Tante gebracht.

Zusammen mit den Steckrübenblättern.

Shoppingtour am Nachmittag

Sara

Heute bin ich mit meiner Mutter shoppen gegangen. Das war Papas Idee. Er hat gesagt, ich soll wieder ein normales Leben führen. Als ob es in diesem Haus jemals ein normales Leben gegeben hätte. Als wüssten wir nicht alle, dass es alles andere als gesund ist, vier endlose Stunden mit meiner Mutter zu verbringen. Ich habe gefragt, ob ich nicht auch allein gehen könnte, und sofort gab es tausend Einwände. Es sei ja so schwierig, in Vigo einen Parkplatz zu finden. Mama wüsste besser, was ich brauche. Der Klimawandel bringt die Polkappen zum Schmelzen. Was weiß ich. Keine Ahnung, was sie sonst noch für einen Quatsch erzählt haben. Ich hab mich nur darauf eingelassen, weil ich unbedingt rauswollte aus diesem Gefängnis.

»Eine Frauentour«, so der abschließende Kommentar meines Vaters.

Aber meine Mutter ist keine Frau. Sie ist eine Mutter. Der Unterschied ist klar. Eine Mutter ist eine Frau, die vergessen hat, dass sie einmal eine Frau gewesen ist. Eine, die dir sagt, dass sie dich liebt, aber alles dafür tut, dir das Gegenteil zu beweisen. Die sagt, dass sie dich kennt, aber keinen blassen Schimmer hat, was dir alles durch den Kopf geht.

Ein Beispiel.

Unterwäsche.

Was ich will: einen Pyjama und ein schlichtes Hemdchen. Am besten aus Baumwolle. Oder aus Seide. Einfach geschnitten. Weiß. Oder mit viel Beige.

Was sie auswählt: Babydoll-Hemdchen, Spitze, schwarz oder rot.

Ich denke: Sie ist unerträglich. Und selbst wenn Ausflüge wie diese auch in Zukunft meine einzige Gelegenheit sein sollten, an die frische Luft zu kommen, so ziehe ich es doch vor, zu Hause zu bleiben, aus dem Fenster zu gucken und die Fliesen auf der Terrasse zu zählen (es sind achthundertdreiunddreißig).

Sie denkt: Dass der Klimawandel die Pole zum Schmelzen bringt. Na gut, ich weiß nicht, was sie denkt. Oder doch. Sie denkt, dass ich nicht eine Stunde lang allein durch ein Einkaufscenter gehen kann.

Ich hab schließlich den Mund gehalten, mich nicht gewehrt und am Ende dieses schwarze Babydoll-Teil gekauft. Damit ich mir ihr Gejammer nicht anhören muss, verstehst du?

Zu Hause habe ich die Kleider alle aus den Tüten geholt und einfach in den Schrank gestopft. Ich brauche sie nicht. Noch nicht.

Noch sind es sechs Monate bis zur Hochzeit.

Perücken

Viviana

Seit ich im Xanadú arbeite, trage ich jeden Abend eine Perücke. Gestern hat Irina, die Neue, sich meine Langhaarperücke ausgeliehen, eine mit dunklen Locken, die ich kaum benutze. Ich nehme mal an, mit ihren blonden Haaren und ihrem blassen Teint ist es aufregend und neu für sie, als Dunkelhaarige aufzutreten.

Ich weiß nicht, ob ich dir schon von Irina erzählt habe. Sie ist Rumänin und erst knapp einen Monat hier. Sie spricht fast nicht, aber ich kenne ihre Geschichte. Es ist die Geschichte aller Irinas. Irina möchte ihre Familie aus Rumänien nachholen. Ganz sicher hat sie schon jung ein Kind gekriegt. Wahrscheinlich schuldet sie dem Schlepper, der sie nach Madrid gebracht hat, viel Geld. Oder sie zahlt eine Familienschuld ab. Sie denkt, in vier Jahren wäre sie längst schon weitergezogen. Verheiratet oder untergeschlüpft bei dem Mann, der sie hier rausholt. Sie denkt, sie könnte dann vor den Türen des Xanadú vorbeigehen, ohne daran denken zu müssen, was hinter den Türen vor sich geht.

Sie weiß nicht, dass die Türen des Xanadú so sind wie die Drehtüren im Flughafen. Du läufst immer im Kreis und findest den Ausgang nicht.

Ich versuche, ihr zu helfen, genau wie den anderen. Erste Lektion: Immer vorab kassieren. Zweite Lektion: Keine einzige Minute verschenken. Es gibt tausend Lektionen. Schalte das Chronometer an, bevor du anfängst. Und, ganz wichtig: »Nicht ohne Kondom.« Sprich mir diese drei Worte in meiner Sprache nach. Und wenn sie gewalttätig werden, schütze dein Gesicht. Wenn die Sache aus dem Ruder läuft, drück den Knopf, den es in jedem Zimmer gibt. Roscof vermittelt keine Kunden, die Ärger machen. Lächle viel. Schrei sehr laut. Als würdest du kommen wie eine läufige Hündin. Manche lassen ziemlich viel Trinkgeld dafür springen. Bewahre das Geld an einem sicheren Ort auf. Versuch, möglichst viel zu sparen. Und lass vor allem die Finger von den Drogen.

Ich habe tausend Lektionen für die ganzen Irinas. Lauter Sachen, die mir selbst niemand beigebracht hat.

Sie sieht toll aus mit der Lockenperücke. Mir gefällt die mit dem blonden Pagenkopf besser. Damit sehe ich aus wie Doris Day. Doris Day hat dir immer gefallen, stimmt's, Papa? Genau deshalb ist es auch meine Lieblingsperücke. Ich setze sie mindestens einmal die Woche auf, auch wenn Roscof sagt, dass den Männern die blonden Langhaarperücken, wie man sie im Playboy sieht, besser gefallen.

Ich habe tausend Perücken.

Es gibt tausend Vivianas.

Tausend Irinas.

Ein Xanadú.

Achtzehn Wörter

Marina

Lieber Jorge,

ich dachte gerade, du solltest mal vorbeikommen und deine Sachen holen. Du hast ziemlich viel dagelassen. Ich habe alles im Gästezimmer auf einen Haufen geschmissen. Und eine Liste gemacht, die les ich dir jetzt mal vor:

- 13 DVDs aus der Sammlung *Geheimnisse des Meeres* von Jacques Cousteau. Ich bin nie dazu gekommen, sie mir anzusehen. Du weißt, dass ich Tiere nicht mag.
- Ein grünes T-Shirt. (Wir haben es zu Saint Patrick's Day in einem irischen Pub gewonnen. Ich wollte es erst nicht auf die Liste setzen, weil wir an dem Tag so besoffen waren und ich mich nicht mehr erinnern kann, ob du es gewonnen hast oder ich. Wenn ich ehrlich bin, ich hab es ein paar Mal zum Schlafen angehabt, aber da es Größe XL ist, müsste es eigentlich dir gehören.)
- Skikleidung.
- Ein Designer-Korkenzieher, Hochzeitsgeschenk deiner Cousine. Superhässlich und völlig unbrauchbar.
- Ein Rotkehlchen aus Sargadelos. (Und sag jetzt nicht, es wäre meins. Ich weiß, dass du es mir mal zum Geburtstag geschenkt hast, aber ich fand es immer gruselig. Rechtlich gesehen gehört es dir. Du hast es gekauft.)

- Die halbe Enzyklopädie auf Galicisch. Du bekommst die ersten dreißig Bände. Ich behalte die letzten dreißig. Band einunddreißig geht von GOD bis GUB. Und das erste Wort darin ist *godalla*, gotisch. Ich muss dich in Zukunft also immer anrufen, wenn ich zum Beispiel ein Wort suche, das mit D anfängt. So wie *Diaphanoskopie.* Vielleicht ist es keine so gute Idee, die Enzyklopädie zu teilen. Am Ende schaffen wir damit eine Abhängigkeitsbeziehung, die du nicht willst. Wir lassen besser das Los entscheiden, wer die Enzyklopädie bekommt. Du wirst gewinnen. Du gewinnst immer.

Ich hatte keine Lust, noch mehr aufzuschreiben, deshalb ist die Liste unvollständig. Es ist noch so viel mehr da. Du hast dir wahrscheinlich schon gedacht, dass die sieben Jahre unseres gemeinsamen Lebens nicht in den grauen Koffer passen.

Und vor allem hast du diese achtzehn Wörter hier liegen gelassen.

Ich bin grad nicht da! Ruf später noch einmal an oder hinterlass mir eine Nachricht nach dem Signalton.

Zum Teufel, Manuel!

Carmela

Ich bin so wütend, mein Sohn, so was von wütend, ich könnte schreien. Ich sitze im Bus. Komme gerade vom Arzt. Ich erzähle dir jetzt aber nicht, was sie mir gesagt haben. Ich leg dir die ganzen Laborergebnisse in die Schublade im Wohnzimmerschrank, da kannst du sie lesen, wenn du wieder da bist. Nichts Neues. Ich werde sterben. Jetzt stellen sie Berechnungen an, wie schnell es gehen wird. Und ich rechne mir aus, wie viele Anrufe mir noch bleiben. Zwanzig, fünfundfünfzig, zweiundachtzig ...

Ich muss flüstern. Neben mir sitzt zwar niemand, aber man weiß ja nie. Wie schon gesagt, ich bin so dermaßen wütend ...

Heute musste ich lange warten. Die Krankenschwester, die mich ja schon kennt, hat gesagt, ich solle doch einen Kaffee trinken gehen. Und weil ich mich in diesem Krankenhaus schon ganz wie zu Hause fühle, hab ich den Weg durch die Notaufnahme genommen. Und du ahnst ja nicht, wen ich da gesehen habe. Den Bankdirektor mit seiner Frau. Sie war völlig außer sich und hat ihm die ganze Zeit mit den Fäusten auf die Brust getrommelt. Hat geheult und dazwischen immer wieder geschrien, das sei alles seine Schuld. Er hat so getan, als würde er mich nicht erkennen. Ich hab mich ebenfalls dumm gestellt und bin im Wartesaal sitzen geblieben. Na ja, ich wollte da doch nicht weggehen, ohne zu erfahren, was passiert ist.

Dann ist der Arzt gekommen und hat ihnen gesagt, ihrer Tochter gehe es gut, sie hätten ihr den Magen ausgepumpt. Und sie werde durchkommen.

Weißt du, ich kenne dieses Mädchen. Und du auch. Ja, mein Schatz… Wie hieß sie noch? Sara. Sie ist mit deinem Cousin Manuel befreundet. Sie ist noch ganz jung, aber ich bin mir sicher, dass du dich an sie erinnerst.

Was für eine verrückte Welt! Ich zähle die Tage, die mir noch bleiben. Und würde alles tun, damit es eher dreißig als zwanzig Tage werden. Eher zwanzig als zehn. Und ein junges Mädchen, das alles hat, will sterben. Jung, hübsch, und reich… Und so ein netter Freund! Er kam angerannt, als ich gerade gehen wollte, solche Sorgen hat er sich gemacht, das hat man gleich gesehen, der würde sterben für sie.

Ich begreife das alles nicht. Ich bin so wütend, dass ich mit dem Anruf nicht bis zu Hause warten konnte. Weißt du was, Manuel? Diese Welt steht kopf. Hoffentlich stirbt sie! Sie hat es nicht anders verdient. Das meine ich jetzt nicht ernst, aber… Es ist einfach nicht gerecht! Zum Teufel, Manuel!

Das Versehen

Sara

Mit dem, was du mir gestern in deiner Mail geschrieben hast, bin ich überhaupt nicht einverstanden. Wenn ich sage, meine Mutter denkt, dass die Polkappen schmelzen, dann ist das ironisch gemeint. Ich bin eine kluge Frau mit einem Hang zum Sarkasmus. Klares Zeichen für eine depressive Persönlichkeit? Wo hast du denn studiert? Bei einer dieser billigen Fernuniversitäten? Oder hast du dir den Titel am Kiosk zusammengekauft, immer schön die Heftchenbeilage der Psychologiezeitschrift gesammelt?

Es ist wegen der Tabletten. Sara hat eine Überdosis Tabletten geschluckt. Sara wollte sich umbringen. Sara ist verrückt, hat Depressionen. Sara ist bipolar, schizophren, neurotisch, dement. Dafür bezahlt man dich doch, oder? Damit du mir sagst, dass etwas in meinem Kopf nicht stimmt, weil ich in der dritten Person von mir spreche. Ist dir schon mal in den Sinn gekommen, dass ich in dem Fall schon längst in einer dieser Kliniken gelandet wäre und ein Psychiater mich ruhiggestellt hätte? Wenn es mir wirklich so schlecht gehen würde, wie du behauptest, dann wäre es als Behandlung gar nicht ausreichend, dass ich einmal die Woche mit einem Psychologen telefoniere, noch dazu mit dem Sohn des besten Freundes meines Vaters. Übrigens, darüber haben wir ja noch gar nicht gesprochen. Verbietet dein Ethikkodex es dir eigentlich nicht,

Freunde zu behandeln? Na gut, Freunde im engeren Sinne sind wir nicht. Aber wir sind fast gleich alt. Und kennen uns schon von Kind an. Dein Vater und mein Vater spielen zusammen Golf. Was in dem Häuschen geschehen ist, das ist nun mal geschehen. Siehst du? Das ist genau so ein Satz, den ich nicht aussprechen könnte, wenn ich in deiner Praxis sitzen würde. Falls man deine Praxis überhaupt so nennen kann. Du solltest ernsthaft darüber nachdenken, dir andere Räume zu suchen, mit dem Büro wirst du kein Geschäft machen. Ich könnte dir bei der Einrichtung helfen. Das kann ich sehr gut... Wo war ich gerade stehen geblieben? Ach ja, bei meinem kleinen Ausrutscher. Also. Fassen wir zusammen.

Eines Tages stand Sara auf. Trank einen Saft. Ging zum Joggen. Lief fünfmal um den Block. Kam wieder nach Hause. Nahm eine Dusche. Telefonierte mit ihrem Freund. Schluckte eine Packung Alprazolam. Oder waren es zwei?

Und wenn ich dir sage, dass das kein Selbstmordversuch war, würdest du's mir glauben, Bruno?

Nein.

Also ist es egal.

Sara ist verrückt. Sara hat sich beinahe das Leben genommen.

Denk, was du willst. Und mail mir bitte deine Kontonummer.

Träume

Viviana

Gestern habe ich geträumt, ich wäre wieder ein Kind. Mama und Tante Albertina saßen vor dem Haus meiner Großmutter, und Inés und ich spielten neben dem Laden von Cachón Himmel und Hölle.

Es war heiß. Sehr heiß. Inés und ich wollten an den Strand, aber das wurde uns nicht erlaubt, weil wir erst unsere Siesta machen sollten.

Wenn ich es recht bedenke, kam es mir gar nicht wie ein Traum vor. In Träumen passiert immer etwas Seltsames. Etwas, das einen daran zweifeln lässt, dass das, was passiert, echt ist. Kleine geheime Botschaften. Zum Beispiel schwimme ich jedes Mal, wenn ich vom Strand von Loira träume, in Strandnähe über die felsigen Untiefen, die eigentlich im dunklen Meer lauern. Und die manchmal Menschenleben fordern. Sie sehen aus wie Monster. Loira ist voll davon. Ich träume auch von Riesenwellen. Oder dass ich im Wasser versinke und nicht wieder herausfinde. Und von dir. Ich träume davon, dass du mit Großvater am Strand bist und Netze knüpfst. Und das ist ein klares Zeichen, dass es ein Traum ist … Du hast nie Netze geknüpft, Papa. Vom Meer wolltest du nichts wissen.

Aber in diesem Traum, der mich noch einmal einen ganz gewöhnlichen Tag im August meiner Kindheit erleben ließ, geschah nichts Seltsames. Inés ärgerte mich so, dass ich sie an den Haaren zog. Tante Albertina gab mir eine Ohrfeige, und Mama sah weg, wie immer. Dann kamst du und hast mich heulend auf dem Boden sitzen sehen, vor der Tür von Cachóns Laden, und du hast mir fünfzig Peseten gegeben, damit ich mir zwei Zitroneneis am Stiel kaufen kann. Eins für mich und das andere für Inés.

Ist das so gewesen, Papa? Erinnerst du dich? Ich glaube schon. Wenn du jetzt am anderen Ende wärest, könntest du mir antworten. Wenn Tante Albertina nicht Alzheimer hätte, könnte sie mir antworten. Wenn ich eines Tages Mama besuchen gehe, kann ich sie fragen.

Wenn, wenn, wenn …

Wenn ich wieder ein Kind wäre.

Wenn ich wirklich bei IKEA arbeiten würde.

Wenn ich nach Loira zurückgehen würde.

Wenn ich nicht in zwei Stunden wieder ins Xanadú zur Arbeit müsste.

Gewohnheiten

Marina

Heute bin ich vor die Tür gegangen. Ich hatte es satt, mir meine Sachen immer nur im Internet zu bestellen. Ich hatte das kalte Essen satt und die in der Mikrowelle aufgewärmte Lasagne. Ich wollte auf keinen Fall irgendjemandem aus meinem Viertel begegnen. Also habe ich das Auto genommen und bin ganze fünfzig Kilometer gefahren. In Santiago bin ich dann einkaufen gegangen. Erst wollte ich in Caldas oder in Padrón anhalten, aber das Autofahren und Musikhören tat mir gut. Und kaum hatte ich michs versehen, war ich auch schon angekommen.

Eingekauft hab ich in einem Supermarkt, einem Mercadona. Um dich ein bisschen zu ärgern, weißt du. Du kannst den Mercadona nicht ausstehen. Ich kann Cornflakes nicht ausstehen. Gelinde gesagt. Und ich habe eingekauft, als hätte ich zu Hause fünfzig Leute zu bekochen. An der Kasse fiel mir auf, dass ich Kaba im Einkaufswagen hatte. Du bist der Einzige, der Kaba trinkt. Also bat ich die Kassiererin, ihn zu stornieren. Und die laktosefreie Milch auch. Und das alkoholfreie Bier. Und viele andere Sachen, die »frei von« waren. Die Macht der Gewohnheit.

Ich wurde nervös und nahm meinen ganzen Einkauf wieder vom Band. Ich stellte alles wieder zurück ins Regal, während ein sehr sympathischer Typ mir hinterherging und immer wieder betonte, das sei nicht nötig, das würden sie schon machen.

Eigentlich weiß ich nicht, wieso du diesen Supermarkt nicht leiden kannst, Jorge. Doch, ich weiß es. Nicht der Supermarkt ist es. Ich bin es, die du nicht leiden kannst. Oder nein. Vielleicht liebst du mich nur nicht. Ich weiß nicht, ob das aufs Gleiche herauskommt. Vielleicht passiert Letzteres viel leichter. Vielleicht ist unsere Ehe ganz einfach »frei von« etwas gewesen.

Beim zweiten Anlauf habe ich den Wagen vollgeladen mit tiefgefrorener Lasagne, Cornflakes und Crackern.

Und dann bin ich noch ein drittes Mal losgegangen. Um eine Packung Kaba zu kaufen. Für den Fall, dass du zurückkommst.

Auf der Rückfahrt habe ich geweint, die ganzen dreiundsechzig Kilometer. Weißt du was? Es geht mir besser. Morgen gehe ich wieder raus. Vielleicht schreibt der Arzt mich gesund. Dann kann ich wieder arbeiten gehen. Im Viertel einkaufen. Meine Frühstücksgewohnheiten ändern. Kaba trinken statt Kaffee. Kaba Zero. Kalorienfrei. Frei von dir.

Jesus retten

Carmela

Hallo, Manuel,

ich hab dich gerade an der Strippe gehabt. Du hast mir erzählt, dass du eine Brillenlieferung bekommen hast. Dass ein Kind dir fast an Lungenentzündung weggestorben wäre. Dass du den Kindern beigebracht hast, *El Miudiño* zu singen. Also ehrlich Manuel, du bist mir vielleicht einer! *El Miudiño!*

Außerdem hast du mir erzählt, dass ihr neue freiwillige Helfer bekommen habt. Ich werde in die Kirche gehen und eine Kerze für dich anzünden, damit du eine nette Frau findest, die dich glücklich macht, Manuel. Damit du alles vergisst. Denn ich weiß, dass du vergessen musst. Auch wenn du nie von ihr sprichst. Vielleicht solltest du mit meinem Anrufbeantworter reden, dann könntest du mir die Dinge erzählen, die du mir sonst verschweigst. Egal. Ich weiß immer, was du fühlst. Und ich weiß auch, dass es eine gute Entscheidung war, fortzugehen. Du bist glücklich. Das merkt man.

Nach wem bist du eigentlich geraten? Immer versuchst du, den Leuten mit ihren Problemen zu helfen. Kämpfst gegen das Leid in der Welt, indem du Krankheiten heilst. Ich glaube, du bist schon als Arzt auf die Welt gekommen. Weißt du, woran ich gerade denken muss? An damals, als du sechs warst und während der Messe plötzlich gerufen hast, man solle einen Arzt holen. Der Jesus am Kreuz blute ja. Du meine Güte, war das peinlich! Ich hab dich an den Haaren nach Hause gezerrt.

Und auch an den darauffolgenden Sonntag erinnere ich mich noch ganz genau. Du warst nervös und konntest es kaum erwarten, dass wir zur Messe gingen. Ich sehe dich noch vor mir, sauber gekämmt, mit dem Seitenscheitel auf der rechten Seite, den Sonntagshosen, deinem weißen Hemd und deinem marineblauen Pullover mit V-Ausschnitt. Du warst so hübsch, Manuel!

Ich erinnere mich, dass deine Hosentasche ausgebeult war. »Was hast du da drin, Manuel?« Und du hast nichts gesagt. Hast auf deine Schuhspitzen gestarrt. Dein Vater wollte dir schon eine scheuern. Ich hab in deine Hosentasche gegriffen. Und als ich das Stück Mullbinde und das Mercurochrom sah, da musste ich lachen. »Was wolltest du denn damit machen, Manuel?« Du hast den Blick von deinen Schuhen gehoben und ganz stolz gesagt: »Ich werde Jesus helfen.«

Wieso sollte ich dir erzählen, was genau mit mir passiert? Wir wissen beide, dass es nichts bringt, wenn du extra vorbeikommst.

Dass es leider nicht genug Mercurochrom gibt auf der Welt.

Einmal volltanken, bleifrei

Sara

Hallo, Bruno!

In deiner gestrigen Mail hast du mich um eine Erinnerung gebeten.

Also gut.

Als ich vierzehn Jahre alt war, habe ich mich in einen Tankwart verliebt. Und bevor du jetzt sagst, ein vierzehnjähriges Mädchen hätte doch noch keine Ahnung von den großen Emotionen, entgegne ich dir, dass ich mich wirklich verliebt habe. Dass das, was ich für diesen Tankwart empfand, so real war wie das, was ich heute für Rubén empfinde.

Er hieß H. Ríos. Zumindest stand das auf dem Namensschild an seiner marineblauen und roten Arbeitsuniform.

Das ist jetzt fast zehn Jahre her. Und stell dir vor: Kein Instagram. Kein Facebook. Kein Twitter. Die Hölle. Ich habe niemals erfahren, wie er mit vollem Namen hieß, deshalb habe ich ihn Hugo getauft, den Namen fand ich viel attraktiver als alle anderen, die mir noch in den Sinn kamen, Humberto, Heriberto, Higinio oder Héctor.

Ich habe nie seine Stimme gehört.

Wir kamen an. Schalteten den Motor aus. Ich stieg aus, um mir die Beine zu vertreten, und ging dann hinein, um ein paar Bonbons zu kaufen und in seine Nähe zu kommen.

»Einmal volltanken bitte, bleifrei«, sagte ich zu ihm.

Und er nickte und machte den Tank meiner Mutter voll.

Er hat mir nie geantwortet. Ich habe nie seine Stimme gehört. Aber ich war mir sicher, dass ich den Rest meines Lebens mit ihm verbringen wollte. Ich füllte tausend Tagebücher mit Schilderungen unseres zukünftigen Lebens, in dem ich wie Papa in einer Bank arbeiten und Hugo die leeren Tanks all meiner Freundinnen füllen würde, die mich um das Glück beneideten, mit ihm verheiratet zu sein.

Ich stellte mir vier Kinder vor, die alle so aussahen wie er, alle mit dem gleichen blonden Pony, der über die linke Gesichtshälfte fiel.

Es geschah nichts. Nach zehn Monaten wurde er durch einen Dicken ersetzt, der L. Bouzada hieß (Luis, Lorenzo, Leopoldo, Leonardo, was weiß ich).

Ich habe ihn nie wiedergesehen.

Du hast mich um eine Erinnerung gebeten. Und ich erinnere mich an diesen blonden Pony. Dass ich in der Nacht von ihm träumte, mein Kopfkissen küsste und mir dabei vorstellte, es wären seine Lippen. Dass er nie mit mir sprach. Dass ich in meinem Leben nur diese drei Worte zu ihm sagte: »Einmal volltanken, bleifrei.«

Und all diese Erinnerungen machen mir noch einmal deutlich, wie sehr ich mich in den letzten Jahren verändert habe.

Mir wurde klar, dass ich den Tankwart nur heiraten wollte, um Mama zu ärgern. Dass ich den Gedanken an diesen Hugo aufregender fand als heute den Gedanken an Rubén. Dass ich niemals so verrückt sein würde, in Papas Bank zu arbeiten. Dass du und ich gar nicht so viel miteinander reden müssen.

Dass drei Worte manchmal genug sind.

Vorherbestimmung

Viviana

Weißt du was, Papa? Manchmal denke ich darüber nach, an welchem Punkt in meinem Leben sich alles zu ändern begann. Welcher Moment, welcher Umstand, welche Schicksalswende mich hierhergeführt hat, auf die Toilette des Xanadú. Wie ich auf einer Toilette enden konnte, von der aus ich diesen Anrufbeantworter anrufe und dir all diese Geschichten erzähle, die du dir nie anhören wirst. Und es ist mir ganz klar, wie es passiert ist. Ich weiß genau, warum. Und wegen wem.

Die Fliesen hier sind von einem bläulichen Grün. Eine von zehn, um eine ungefähre Zahl zu nennen, hat ein Palmenmotiv. Siehst du? Ich denke nur über völlig bedeutungslosen Kram nach. Zum Beispiel darüber, warum man die Toiletten im Xanadú nicht renoviert hat. Oder warum ich hier arbeite (falls man das arbeiten nennen kann) und nicht bei IKEA.

Es gab kein Entrinnen. Dessen bin ich mir jetzt bewusst. Ohne zu sehr ins Detail gehen zu wollen: Ich habe in der Werkstatt einen Mann kennengelernt. Ich hatte Roscofs Wagen hingefahren. Es macht mir Spaß, ihm ab und zu einen kleinen Gefallen zu tun. Ich bin die Älteste hier. Und Roscof ist wirklich in Ordnung. Er beschützt uns, er zieht uns genau zwanzig Prozent ab und lässt uns ansonsten völlige Freiheit. Freiheit, darüber haben wir ja neulich schon gesprochen.

Ich fuhr also Roscofs Wagen in die Werkstatt, und dort

hab ich ihn kennengelernt. Den Werkstattangestellten. Rober. Mehr erzähle ich dir nicht. Er hat mich auf einen Kaffee eingeladen, um sich zu entschuldigen, dass es so lange gedauert hatte (ich musste zwei Stunden warten). Normal, oder? Das ist das normale Leben einer unverheirateten Frau meines Alters. Nehme ich doch an. Ich habe die Entschuldigung angenommen. Wir sind zusammen ausgegangen. Am nächsten Tag rief er mich an. Drei Tage später gingen wir essen. Ich weiß nicht, wie, aber dann landeten wir bei mir zu Hause. Ich habe mit ihm geschlafen. Das war das erste Mal, seit ich in Madrid lebe, dass ich außerhalb des Xanadú mit einem Mann ins Bett gegangen bin. Ich war nervös. Es war fast so, als wäre ich Jungfrau. Ich weiß, das klingt absurd. Aber so fühlte es sich an. Ich ließ mich von ihm küssen. Das war angenehm. Wir machten es ganz langsam. Ohne verstohlene Blicke zur Uhr. Ohne die Minuten zu zählen. Ohne Perücke. Ohne Verkleidung.

Dann schliefen wir ein.

Als ich aufwachte, war er nicht mehr da.

Er hatte fünfhundert Euro auf dem Nachttisch liegen gelassen. Ich hatte vergessen, dass er Roscof kannte. Vielleicht war das der Grund.

Oder auch nicht.

Vielleicht ist es ein ungeschriebenes Gesetz, dass es immer so sein muss.

Zumindest für mich.

Etappen

Marina

Ich sag dir was, Jorge. Was uns da gerade widerfährt, ist nur eine logische Etappe in unserem Leben.

Diese Rede kann ich auswendig. Das ist das Erste, was ich meinen Klienten predige, wenn sie in meine Kanzlei kommen: die Rede von den Lebensetappen. Der Mensch wird geboren, er wächst heran, heiratet, bekommt Kinder, lässt sich scheiden und stirbt.

Wir alle durchlaufen diese Etappen. Weil sich das so gehört.

Sieh dir nur uns beide an. Bei uns war es genauso. Wir mussten zur Uni gehen. Das heißt, ich musste das. Und obwohl ich keine gute Studentin war und es mir schwerfiel, nach sieben Jahren meinen Abschluss zu machen, hab ich genau das gemacht, was man von mir erwartete. Unterdessen hast du dich in einem Fernstudium zum Personal Trainer ausbilden lassen und angefangen, im Fitnesscenter in unserem Viertel zu arbeiten.

Dann war es an der Zeit, sich einen Freund zu suchen. Diese Phase durchliefen wir gemeinsam, als ich anfing, aushilfsweise bei deiner Tante im Büro zu arbeiten. Samstags gingen wir ins Kino. Es war an der Zeit, es auf dem Rücksitz deines weißen Opel Corsa zu treiben. Später gingen wir sonntags zum Essen zu deinen Eltern. Und dann zogen wir in eine Doppelhaushälfte.

Dann war Heiraten angesagt. Und wir haben geheiratet. Und anders als ich mir das gewünscht hätte, haben wir dann, um deiner Mutter einen Gefallen zu tun, die Hochzeit so gefeiert, wie es hier üblich ist. Mit vier Gängen, Meeresfrüchten, Fisch und Fleisch. Und Kellnern, die im Takt eines Paso doble vorbeidefilieren. Und unsere Hochzeitsreise ging nach Griechenland. Weil das so üblich war.

Und dann war die Zeit fürs Kinderkriegen.

Und dann war die Zeit, uns zu lieben.

Und wieder damit aufzuhören.

Und jetzt ist es an der Zeit, dass du mich verlässt.

Ich glaube allerdings, dass wir gerade etwas überstürzen. Wir überspringen ein paar Etappen. Ich jedenfalls habe das getan. Vielleicht könnten wir, wenn wir ein Stück zurückgehen, langsamer weitermachen. Keine Etappen mehr überspringen. Denn ich bin nicht vorbereitet auf das, was da kommt. Und das sollte ich eigentlich sein. Schließlich ist es das, worum es bei meiner Arbeit geht. Ich führe Scheidungen durch, bei denen der eine Teil bereits alle Etappen der Beziehung durchlaufen hat und der andere Teil glaubt, dem sei nicht so, und einen Blick zurückwirft, auf der Suche nach einer Chance und nach den Gründen, weshalb alles gescheitert ist.

Mit den Kindern war es das Gleiche.

Wahrscheinlich war das bei uns der Grund. Wir haben die Etappe mit dem Kinderkriegen übersprungen. Aber du kanntest meine Einstellung zu dem Thema. Ich habe dich nie angelogen. Ich habe dir nie falsche Hoffnungen gemacht. Das war der Grund. Ganz bestimmt. Aber du bist noch einmal darauf zurückgekommen. Und schon sind wir wieder bei unserem alten Thema angekommen.

Beim Mercadona.

Bilanz ziehen

Carmela

Hallo, Manuel,

ich denke gerade, dass das Sterben doch sein Gutes hat, weil man nämlich alles geordnet hinterlassen muss. Nicht nur die materiellen Dinge. Und das ist gut. Richtig gut. Na ja... Ich muss an deinen Vater denken. Da gehst du eines schönen Tages zum Dominospielen, und auf dem Nachhauseweg fällst du einfach um, wie vom Blitz getroffen. Bum. Das Herz bleibt stehen. Das Leben hört einfach auf. Ganz ohne Vorwarnung. Ohne jede Angst. Ein Segen, haben in der Leichenhalle alle zu mir gesagt.

Aber ich sehe das anders. Ich denke, dass die Chance, die ich da bekommen habe, ein Geschenk Gottes ist. Ich weiß, du glaubst nicht an Gott. Und ich weiß nicht einmal, ob ich selbst an ihn glaube, auch wenn ich das nicht laut sagen würde. Es gibt Dinge, die die Leute aus meiner Generation niemals aussprechen würden. Aber es ist gut zu wissen, was einem der nächste Tag beschert. Zeit zu haben, sich vorzubereiten. Und die brauche ich ganz sicher. Ich habe noch einen Haufen Sachen zu regeln.

Als Erstes muss ich dir ganz viel erzählen, Sachen, die ich dir nie erzählt habe und von denen ich glaube, du solltest sie wissen. Es ist mir ein großes Anliegen, dass du mich verstehst, mein Sohn.

Ich muss auch ein paar praktische Dinge erledigen, aber die sind nicht ganz so wichtig. Zum Beispiel muss ich meine Kleidung zusammenpacken und an die Armen verteilen. Das möchte ich nicht deinen Tanten aufbürden. Ich muss mich entscheiden, was mit meinem Schmuck geschehen soll. Viel ist es nicht, aber es wäre doch schön, wenn er noch zu was nutze ist.

Und ich weiß, dass ich beim Kurbad O Carballiño anrufen und Bescheid geben muss, dass ich dieses Jahr nicht zur Kur komme. Das wird meiner Freundin Marisa nicht gefallen, wir gehen da schon seit Jahren zusammen hin.

Und Sinda muss ich anrufen, die Schwester deines Vaters, und sie auf einen Kaffee einladen. Ich denke, ich sollte Frieden mit ihr schließen. Wir haben uns schon jahrelang nicht mehr gesprochen, aber schuld daran war dein Vater. Immer dieser Caride!

Mein Testament muss ich auch noch machen. Ich glaube, ich spreche mal mit der Nachbarin von gegenüber, ob sie mir helfen kann, wenn ich sie sehe. Sie ist irgendwie verschwunden. Vielleicht ist sie verreist.

Und ich darf nicht vergessen, dir das Rezept für das Ochsenschwanzragout aufzuschreiben, das du so magst. Weiß der Himmel, was du in Zukunft essen wirst.

Ich würde gern ein paar Jäckchen, Mützchen und Babyschühchen für meine Enkel stricken. Die ich nie kennenlernen werde. In Rosa, Weiß und Blau. Man weiß ja nie, wie es kommt.

All diese Dinge will ich machen. Und jetzt ist das Einzige, was ich wirklich getan habe, dass ich dir das alles erzählt habe, und schon geht mir die Puste aus. Ich bin erschöpft.

Womit soll ich nur anfangen, Manuel?

Küsse und Joints

Sara

Sex.

Wie es scheint, kann man keine Psychoanalyse machen (oder was auch immer das hier ist, diese merkwürdige Kombi aus Anrufbeantworter-Ansagen und E-Mails), ohne sich näher über seine ersten sexuellen Erfahrungen auszulassen.

Ich würde dir viel lieber erzählen, warum ich damals, als ich so wahnsinnig in H. verliebt war (Heriberto/Higinio/Hugo oder wie auch immer er hieß), meine Mutter angehimmelt habe, und dass mein Vater ein großes Vorbild für mich gewesen ist. Na, wenn das kein Thema für eine Analyse wäre!

Aber du möchtest unbedingt was über mein erstes Mal hören. Das ist ziemlich *voyeuristisch*! Ich habe keine Lust, mich derart vor dir zu entblößen. Ich erzähle dir lieber von meinem ersten Kuss.

Meinen ersten Kuss habe ich von dir bekommen. Stell dir nur vor! Und genau deshalb sollte ich diese Gespräche nicht ausgerechnet mit dir führen. Auch wenn es schon Jahre her ist, können solche kleinen Details die Unparteilichkeit, die ein Profi eigentlich wahren sollte, definitiv beeinträchtigen.

Es passierte an Silvester. Ich war vierzehn. Das war etwa zu der Zeit, in der ich in H. Ríos verliebt war. Bei uns zu Hause fand eine dieser Partys statt, die meine Mutter so toll fand. Fast hundert Gäste. Darunter auch deine Eltern.

Wir schnappten uns eine Whiskyflasche und versteckten uns in dem Hüttchen neben dem Pool. Wir waren so betrunken, dass wir nicht mehr laufen konnten.

Wenn ich sage, den ersten Kuss hätte ich von dir bekommen, ist das eine Lüge. Du hast ihn nämlich von mir bekommen. Und die hundert folgenden hast du mir in weniger als zwanzig Minuten gegeben. Wir haben uns geküsst, ein bisschen rumgefummelt und uns aneinander gerieben. Danach haben wir einen coolen Joint geraucht, den dir einer deiner Freunde aus Cangas gegeben hat. Na ja, das mit dem cool sagt man so, in Wahrheit habe ich gekotzt. Sogar die Trauben sind wieder rausgekommen.[2]

Ich wollte dir von meinem ersten Kuss erzählen.

Du möchtest, dass ich dir von meinem ersten Mal erzähle. Sex.

Ich weiß nicht, warum die Leute dem eine solche Bedeutung beimessen. Sex ist überbewertet. Ich erinnere mich nicht an mein erstes Mal.

Na ja, das stimmt nicht so ganz.

An das Wo und Wann erinnere ich mich schon.

Aber nicht daran, mit wem.

---

2 In Spanien ist es Brauch, an Silvester um Mitternacht zu den zwölf Schlägen der Uhr je eine Glückstraube zu essen.

8. März

Viviana

Eine Nutte zu sein ist nichts, wofür man sich schämen muss. Unerträglich ist aber, wenn man erklären soll, warum man eine ist. Du wirst es vielleicht nicht glauben, aber es gibt tatsächlich ein paar Tage im Jahr, an denen wir plötzlich im allgemeinen Interesse stehen. Zum Beispiel am 8. März. Den Tag der Frau finde ich unerträglich. Dreihundertvierundsechzig Tage absoluter Unsichtbarkeit, und dann plötzlich, jeden 8. März, schauen alle auf uns. In der Regel taucht von irgendeiner NGO eine Ehrenamtliche vor dem Xanadú auf und verteilt Flyer, in denen erklärt wird, dass es auch noch ein anderes Leben gibt, eines fern der Prostitution. Meistens verschenken sie auch Kondome.

Am letzten 8. März bin ich ausgerastet. Ich trug meine dunkle Kurzhaarperücke. Ich erinnere mich sehr gut daran, denn mit dieser Perücke sehe ich aus wie Audrey Hepburn in *Sabrina*. Zumindest hat Roscof das gesagt. Und dann hat er noch gesagt, dass ich mit dieser Perücke aussehe, als wäre ich noch keine achtzehn Jahre alt (nur aus der Ferne), das heißt, wir könnten Probleme mit der Sozialarbeiterin bekommen.

In diesem Jahr war es eine Fünfzigjährige, die uns immer wieder erzählte, sie hätte den Absprung geschafft. Niemand könne uns zwingen, ins Xanadú zu gehen, niemand könne uns zwingen, unseren Körper zu verkaufen. Sie nahm immer wieder dieselben Wörter in den Mund: Zuhälter, Frauenhaus, Misshandlung. Und das Ganze mit Kaugummigeruch. Saure Erdbeere.

Ich hab sie also über ein paar Dinge aufgeklärt. Dass Roscof ein toller Typ ist. Dass ich ihm zwanzig Prozent für das Zimmer und seinen Schutz zahle. Dass ich hier arbeite, weil ich es will. Dass ich in den letzten sechs Jahren neunzigtausend Euro angespart habe. Dass ich zur ärztlichen Untersuchung gehe. Dass ich es nie ohne Kondom mache. Dass die Kunden mich respektieren. Dass viele von ihnen Stammkunden sind. Dass Roscof sich um die schwierigeren Fälle kümmert. Und dann habe ich ihr gesagt, sie solle gehen. Dass sie zur Metro gehen und dort ein paar hübsche Blasen mit ihrem Kaugummi machen und ihre Kondome an die Jugendlichen verteilen soll.

Und das Wichtigste: dass sie doch bitte die Männer, die ihr über den Weg laufen, davon überzeugen soll, dass es noch ein anderes Leben gibt, eins ohne Nutten. Dass sie ihre Freundinnen vögeln sollen, ihre Frauen, von mir aus auch ihre Hunde.

Dass sie, wenn sie den 8. März zu unserem Tag machen wollen, aufhören sollen, uns zu belästigen und mit dem Finger auf uns zu zeigen.

Damit wir einen Tag lang nur eins sein dürfen:

Frauen.

Keine Nutten.

Nur Frauen.

Dschihadisten

Marina

Michelle Levallois war achtunddreißig Jahre alt, hatte zwei Zwillingsmädchen, eine Perserkatze und Freunde in Pontevedra.

Eine ihrer Freundinnen war ich. Du hast sie nie getroffen, hattest aber die Nase voll davon, mich von ihr reden zu hören. Erinnerst du dich, dass ich dir erzählt habe, dass sie im vergangenen Jahr zur Kommunion der Tochter meiner Cousine Ana gekommen ist? Du warst gerade mit deinen Kumpels vom Radsportclub auf dem Jakobsweg. Ich habe sie vor vielen Jahren kennengelernt, als wir noch Teenager waren und ich bei einem Austausch zu Ana geschickt wurde. Seit damals haben wir uns höchstens drei oder vier Mal getroffen. Mein Versprechen, sie in Frankreich zu besuchen, habe ich nie wahr gemacht. Wir hielten über Mails und die sozialen Netze Kontakt. Das letzte Mal sind wir uns bei der Kommunion von Antía begegnet. Im Paseo de Sanxenxo haben wir ein Foto von uns gemacht. Und eine WhatsApp-Gruppe erstellt, die sich »Oh là là« nannte.

Während der Reporter im Fernsehen sprach, wurden immer wieder die Bilder vom Attentat in Nizza ausgestrahlt, und die Zahl der Toten stieg exponentiell.

Schließlich rief Ana mich an. Michelle war auf der Promenade des Anglais gewesen, mit Arbeitskolleginnen. Ein Dschihadist war mit einem Lastwagen in sie hineingefahren.

Dschihadisten machen das so.

Sie brechen in dein Leben ein und machen alles platt, was ihnen in den Weg kommt.

Ich hab das auch gemacht.

Ich hatte meine Gründe, zu tun, was ich getan habe. Und du verstehst sie nicht.

Siehst du? Wir landen immer wieder bei dir. Bei uns. Noch so ein neuer Tag, den ich damit beginne, dass ich auf den Fernsehbildschirm starre.

Ich denke an Michelle. An das Pistazieneis, das wir gegessen haben, am Stand von Silgar, an die Mauer gelehnt. An ihre Zwillinge. Sabine und Olivia. Sie wollte Kinder, sie schon. Ihre letzte Nachricht auf »Oh là là« war ein Foto von einer Hühnerbrust mit einem Kommentar darunter. *Operation Bikini.* Und zwei Emoticons mit Lachtränen.

Und mein erster Gedanke ist der, dass es fast eine Erleichterung ist, dass es auf den Nachrichtenkanälen kein Teleshopping und keine Hellseher gibt. Und fühle mich schlecht bei diesem Gedanken. Und das bringt mich dann doch zum Weinen. Ich weine. Um sie. Und weil ich denke, dass ich es gewesen bin.

Ich bin die Dschihadistin gewesen, die aus unerfindlichen Gründen, aus solchen, die normale Leute nicht verstehen können, auf den Knopf gedrückt hat.

Ich habe unsere Ehe in die Luft gesprengt.

Kaffee, Zuckerkringel und eine Flasche Anís del Mono

Carmela

Hallo, Manuel,

hier kommt mein Tagesbericht. Es gibt gute Neuigkeiten: Die Tumore sind weiter stabil. Und schlechte: Sie werden mich trotzdem umbringen.

Die Einzelheiten kannst du dir ja durchlesen. Offensichtlich hat es mit einem Tumor in der Brust angefangen, der sich dann in die Lunge und bis in die Knochen ausgebreitet hat. Und ich dachte, die Schmerzen kämen von meiner Arthritis, und habe mich mit Franzbranntwein eingerieben. Den hätte ich auch trinken können. Aber sie sagen, jetzt wäre die Sache ganz gut gestoppt. »In Ihrem Alter schreitet das nur sehr langsam voran«, hat Carracedo zu mir gesagt. Und dann hat er darauf bestanden, dass ich die Behandlung durchziehe. Diese Behandlung, durch die mir noch ein »Weilchen« bleibt. So formuliert er das immer.

In der Verkleinerungsform.

Ich will kein Weilchen. Ich will eine ganze Weile. Damit es auch reicht, bis ich dich wiedersehe. Damit du mir deine Freundin vorstellen kannst. Damit ich auf deine Hochzeit gehen kann. Und falls du nicht heiratest, ist mir das auch egal. Na ja, gut, egal vielleicht nicht. Aber was ich wirklich gern hätte, ist ein Enkel. Oder eine Enkelin. Die würde ich dann im Kinderwagen spazieren fahren. Ich würde ihnen einen

Brei kochen. Einen Milchreis. Oder ich würde Zuckerkringel backen. Für all diese Dinge reicht ein Weilchen nicht.

Deshalb will ich auch keine Behandlung.

Und ich habe angefangen, die aufgeschobenen Sachen abzuarbeiten.

Als Erstes habe ich deine Tante Sinda angerufen. Du wirst es mir nicht glauben, aber es ist mir gar nicht schwergefallen. Ich hab sie seit Carides Beerdigung nicht mehr gesehen. Und da hat sie mir nur kurz ihr Beileid ausgesprochen. Wir haben seit Jahren nicht mehr miteinander gesprochen.

Ich habe sie angerufen und gebeten, vorbeizukommen. Hab einen Kaffee gekocht und ein paar Zuckerkringel gemacht, du hättest dir die Finger danach geleckt. Das Rezept muss ich dir auch dalassen. Der Trick ist, dass man genau die richtige Menge Anisschnaps dazugeben muss. Ach, Anis! Ich hatte völlig vergessen, wie sehr deine Tante Sinda Anisschnaps mag.

Und das war ein Segen, denn es hat mir den Nachmittag gerettet. Der Schnaps brachte sie in Feierlaune. Für mich war das egal. Ich bin sowieso immer getschillt oder gechillt oder wie zum Teufel ihr jungen Leute das nennt. Das geht bei mir zum einen Ohr rein und zum anderen wieder raus. Sie hat mir eine halbe Stunde lang erzählt, Caride hätte sie übers Ohr gehauen, als deine Großmutter starb, mit der Finca. Die am Bach hätte nämlich eigentlich ihr gehört. Das hätte man ihr tausendmal so gesagt. Und Caride sei ein ganz Gerissener gewesen. Der hätte genau gewusst, dass die Finca, die er ihr stattdessen gegeben hat, nur die Hälfte wert war. Was sie eigentlich geschmerzt hat, das sei dieser Verrat gewesen. Dass man seiner Schwester so etwas antun kann.

Und ich hab ihr recht geben müssen, dabei erinnere ich mich ehrlich gesagt schon gar nicht mehr dran, und was schert es mich, ob ich jetzt in Cela eine Finca habe oder nicht. Oder ob meine Mutter mir gleich mehrere davon hinterlassen hat. Geld nicht, aber Fincas schon... Mein Gott! Wenn man mit diesen Fincas die Ausbildung der Kinder hätte bezahlen können, dann wäre mir einiges an Plackerei erspart geblieben. Aber die lassen sich ja nicht mal verkaufen. Ich hab ihr trotzdem weiter zugehört. »Aber ja doch, Sinda. Du hast ja recht. Der Caride war nicht der, für den man ihn gehalten hat. Der hatte es faustdick hinter den Ohren... Aber ja doch, meine Gute, schenk dir noch ein Gläschen ein. Ach was! Ist doch noch früh! Ja, was hätt ich denn machen sollen, er war doch mein Mann? Mir blieb doch gar nichts anderes übrig, ich hab getan, was er gesagt hat. Und außerdem... die Finca will ich dir schenken!«

Volltreffer. Das hat sie umgehauen. Sie fing an zu heulen. »Aber nicht doch, Carmela. Die Finca gehört doch jetzt Manuel. Die kannst du mir gar nicht mehr schenken.« Ach, mein Schatz! Als ob ich nicht wüsste, dass du nichts dagegen einzuwenden hättest. Schließlich ist es mein letzter Wille! Aber nix da. Sie zu überzeugen war ein ziemlicher Kraftakt. Ich hab eine ganze Stunde lang geweint. Immer wieder Tränen, Schnaps und noch mehr Tränen.

Gegen acht ist sie dann gegangen, hat mich erst geküsst und mir dann gesagt, ich sei eine gute Frau. Caride hätte eine wie mich gar nicht verdient gehabt. Das wusste ich selbst schon, aber es tat gut, es mal von einer anderen zu hören.

Ach, mein Schatz! Heute wollt ich doch gar nicht über deinen Vater sprechen.

Ich glaube, ich habe es selbst mit dem Anisschnaps ein wenig übertrieben.

Running

Sara

Wieso bildest du dir ein, du könntest über mich urteilen, Bruno? Natürlich habe ich feste Gewohnheiten. Auch wenn ich keine feste Arbeit habe. Ich bin ganz schön beschäftigt. Ich habe tausend Dinge zu tun. Na gut, ich habe es besser als eine Verkäuferin im Supermarkt. Das heißt, in einem gewissen Rahmen kann ich selbst entscheiden, was ich tue und was nicht. Ich werde mich nicht dafür entschuldigen, dass ich nicht gezwungen bin zu arbeiten. Papa hat Geld. Nicht von seiner Arbeit. Sondern schon immer. Seine Familie hat Geld. Und ich bin die einzige Enkelin von José María Viñas. Darum habe ich nicht gebeten. Ich werde nicht über Geld reden. Das ist vulgär. Und nur damit du es weißt, das heißt nicht, dass ich nicht arbeiten will. Ich lasse mir nur ein wenig Zeit, mich zu entscheiden. Vor einem Jahr habe ich meine Ausbildung abgeschlossen. Warum sollte ich jetzt in Eile sein?

Und bis zu meiner Entscheidung mache ich alles Mögliche. Viele verschiedene Sachen. Ich bin eine, die sich viele Fragen stellt. Ich probiere Dinge aus. Ich mache einen Yoga-Kurs und bin zugleich Mitglied im Leseclub einer hippen Buchhandlung. Das heißt, das war früher so, als ich noch die Freiheit hatte, nach Hause zu kommen und außer Haus zu gehen, ohne große Erklärungen abgeben zu müssen.

Und ich jogge.

Das ist wirklich eine Konstante. Jeden Tag, gleich nach dem Aufstehen, ziehe ich mir eine schwarze Jogginghose und ein weißes T-Shirt an. Und Joggingschuhe, die ebenfalls weiß sind. Dass es diese zwei Farben sind, ist wichtig. Es beruhigt mich. Ich kann die aktuelle Mode nicht ausstehen, bei der die Leute sich zum Laufen anziehen wie Rapper aus den Achtzigern. Letztens habe ich gehört, Running sei nichts anderes als stinknormales Laufen, nur in schreiend bunten Farben.

Ich hasse diese fluoreszierende Vulgarität.

Ich drehe meine Runde im Viertel, ich gehe, falle in einen Trab, nehme Steigungen, ich atme, laufe schneller, laufe langsamer, renne den Abhang hinunter, kämpfe mit mir, laufe wieder schneller, ruh mich aus, ich denke nach, ich schalte ab, ich bleibe stehen, mache Dehnübungen, noch eine Runde, oder doch nicht, oder doch, ich trabe los, werde wieder langsamer, ich schnaufe, ich atme ein, ich atme aus, ich bleibe stehen.

Und so geht es einen Tag.

Und den nächsten.

Und dann noch einen.

Immer und immer wieder.

Und wo ich es dir jetzt erzähle, wird mir klar, dass ich nichts weiter als ein dummer Hamster im Rad bin, der nichts anderes im Sinn hat als zu laufen und zu laufen.

Ohne einen größeren Wunsch als den, eines Morgens als Supermarktkassiererin wieder aufzuwachen.

Schweigen

Viviana

Heute bat mich eine der rumänischen Irinas, ihr beizubringen, wie man Spiegeleier brät. So als bräuchte man ein Rezept, um ein paar einfache Eier zu braten. Ich mag keine Spiegeleier. Wegen des Geruchs. Vor allem abends nicht. Du weißt ja, dass ich noch nie eine gute Esserin war. Ich erinnere mich an so manchen Abend, an dem wir zusammen gegessen haben und du geredet und geredet hast, ohne Punkt und Komma, während Mama das Essen auftrug. Und am besten erinnere ich mich daran, dass sie nie etwas gesagt hat. Mama war die Königin des Schweigens.

Schon immer.

Ich erinnere mich an den Abend, nachdem sie mir eine Ohrfeige gegeben und mir gesagt hat, ich solle nach oben gehen und mich duschen. An den Nachmittag erinnere ich mich. Wenn ich ihn doch nur vergessen könnte. Wenn du diese Nachricht doch nur hören könntest!

An dem Tag warst du in der Eisenwarenhandlung. Ich war zu Inés nach Hause gegangen, weil wir versuchen wollten, etwas für unsere Geburtstagsparty zu planen. Zu unserem Siebzehnten. Sie war nicht zu Hause. Onkel Paco sagte mir, die Tante sei mit Inés zum Augenarzt nach Pontevedra gefahren.

Ich habe nichts gemacht, Papa. Ich schwör's. Ich hab zu

ihm gesagt, ich würde dann mal wieder gehen, und da hat er mich fest von hinten gepackt. Hat zu mir gesagt, ich sei ein ganz böses Mädchen. Ich müsste jetzt unbedingt auch mal gut zu ihm sein. Ich wollte das nicht, Papa. Du weißt, wie groß er ist. Ich wollte schreien, aber es ging nicht, es ging wirklich nicht. Er hielt mir den Mund zu. Ich bekam keine Luft, meine Lunge wäre fast geplatzt.

Als er fertig war, hat er zu mir gesagt, ich solle jetzt nach Hause gehen. Und nichts sagen.

Mama war in der Küche beim Kartoffelschälen. Ich fing an zu weinen und hab ihr alles erzählt. Warum ihr? Warum nicht dir? Sie verpasste mir eine schallende Ohrfeige. »NUTTE. Du bist nichts als eine Nutte«, hatte sie zu mir gesagt. »Ich wollte das nicht, Mama.« Ich ging nach oben. »Wasch dich und sprich nie wieder davon.«

Wir aßen zu Abend, und du hast geredet und geredet.

Es gab Spiegeleier.

Kartoffeln.

Und ihr Schweigen.

Mama war die Königin des Schweigens.

Gegenseitige Verpflichtungen

Marina

Artikel 1.124 des Bürgerlichen Gesetzbuches.

Bei wechselseitigen Schuldverhältnissen kann die Nichter-
füllung der Verpflichtungen einer der Vertragsparteien der an-
deren Vertragspartei das Recht auf Vertragsauflösung geben.

»Ab jetzt müssen Sie anders denken. Ihr Ehemann ist
schon nicht mehr Ihr Ehemann. Das hier ist keine Liebesbe-
ziehung mehr. Die Ehe ist nichts weiter als ein Vertrag. Und
ich werde mich in Ihrem Namen darum kümmern, diesen
Vertrag so aufzulösen, dass Sie dabei kein Recht verlieren.
Lassen Sie die Gefühle außen vor. Es ist nur ein Vertrag.«

Das ist die Rede, die sich an den Vortrag über die Lebensetappen anschließt. Ich könnte überhaupt nicht mehr sagen,
wie oft ich diese Rede schon vor meinen Klienten gehalten
habe.

Und jetzt bin ich die Klientin. Ich komme nicht umhin,
mich immer wieder daran zu erinnern, dass es nur ein Vertrag ist. Aber jetzt bin nicht ich die Anwältin. Jetzt bin ich
die Klientin. Und das war kein Vertrag. Es war eine Ehe, und
du hast beschlossen, dass du sie lieber beenden möchtest. Du
hattest deine Gründe, einverstanden. Aber hast du nie daran
gedacht, dass auch ich meine Gründe hatte? Damit will ich
sagen, selbst wenn man das alles auf eine vertragliche Ver-
pflichtung zurückführt, selbst wenn du möchtest, dass wir das

so sehen, dann bedeutet das nicht nur für eine der beiden Parteien Verpflichtungen. Sondern für beide. Und laut deiner Aussage habe ich meine Hauptverpflichtung nicht eingehalten.

Du irrst.

Meine Hauptverpflichtung war es nicht, dir treu zu sein. Meine Hauptverpflichtung war es, dich zu lieben. Und ich liebe dich.

Und außerdem hast auch du deinen Teil nicht erfüllt. Du hast mich nicht respektiert. Du hast unsere Lebensform nicht respektiert. Du hast irgendwelche hypothetischen Kinder über unsere Beziehung gestellt. Unechte Kinder. Deine Kinder. Denn meine waren es nicht. Ich wollte keine Kinder. Nie. Und das wusstest du. Aber du gehst mit unserer Beziehung um, als wäre sie bloß ein Vertrag.

Du behauptest, ich hätte meinen Teil nicht erfüllt. Aber das stimmt nicht.

Ich habe mich keiner Nichterfüllung schuldig gemacht.

Ich habe bloß mit dem Metzger vom Mercadona geschlafen.

Die Liste der unerfüllbaren Wünsche

Carmela

Hallo, mein Schatz!

Denk dir nur, was für ein Zufall! Im Fernsehen läuft gerade ein Film über eine Frau, die sterben muss und sich eine Liste all der Dinge macht, die sie vorher noch machen will. Seltsame Sachen. Mit einem anderen Mann schlafen. Für ihren Mann eine Frau suchen. Alles sehr modern. Aber, wenn man es recht bedenkt, gar nicht so falsch, deshalb habe ich mir nun auch so eine Liste gemacht. Eine Liste mit den Dingen, die ich vor meinem Tod noch machen muss.

Die andere Liste ist trauriger, die mit den Dingen, die ich gern machen würde, aber nie machen werde. Alberne Sachen, unwichtige. Sachen für alte Frauen. Keine Ahnung. Ich würde gern den Jakobsweg gehen. Ich kenne welche, die das auch später in ihrem Leben noch gemacht haben. Aber jetzt mach ich's nicht mehr, in meinem Alter!

Und ich hätte als junge Frau gern studiert. Ich wollte immer Lehrerin werden. Und ich war auch nicht dumm, trotzdem ging es damals nicht. Darum habe ich mich auch so ins Zeug gelegt, dass du studieren kannst. Und das, obwohl dein Vater der Meinung war, dass es das eigentlich nicht braucht. Später hat er dann mit seinem Sohn angegeben, aber ich muss dich wohl nicht daran erinnern, wie sehr ich kämpfen musste, als er dir nicht erlauben wollte, zum Studium nach Santiago zu gehen.

Und ich werde sterben, ohne die Kanarischen Inseln gesehen zu haben. Als ich geheiratet habe, haben alle ihre Flitterwochen auf den Kanarischen Inseln verbracht. Ich dagegen bin mit der Bahn nach A Coruña. Wir haben in einer Pension übernachtet und sind am nächsten Morgen zurückgefahren. So war das.

Und ich würde dich gern noch einmal sehen. Das steht auch auf der Liste der unerfüllbaren Wünsche, obwohl das so unmöglich ja gar nicht ist, denk ich mal. Ich könnte in ein Reisebüro gehen und mir ein Ticket kaufen. Und ein Flugzeug nehmen, zum ersten Mal in meinem Leben. Allerdings könnte ich das Geheimnis nicht für mich behalten. Gleich bei meiner Ankunft würdest du sehen, dass ich viele Kilos abgenommen habe. Und darauf bestehen, dass ich mich untersuchen lasse. Und ich würde dir am Ende alles erzählen. Und alles kaputt machen, was du in den letzten Monaten erreicht hast. Deshalb bleibe ich hier.

Es gibt so viele Dinge, die ich gern tun würde.

Ich würde gern mit dir zusammen diese Nachrichten anhören. Dir eine Mais-Empanada mit Herzmuscheln machen. Mit dir an den Strand von Lapamán gehen. Mit dir schimpfen, damit du dich ordentlich kleidest. Schließlich bist du Arzt! Da kannst du doch nicht so herumlaufen! Ich würde mich freuen, wenn es weniger regnen würde. Wenn man bei meiner Beerdigung ein Lied von Ana Kiro spielen könnte. Oder die *Muiñeira de Chantada*, mit dem galicischen Dudelsack. Du weißt ja, wie gern ich tanze. Ich würde auch zur Weinlese gehen. Und ich wünschte mir, der Strompreis würde wieder runtergehen. Und die Kartoffeln müssten billiger werden. Ein Euro fünfzehn das Kilo, das sind ja fast zweihundert Peseten. Das ist doch verrückt! Ich würde dich gern noch einmal sehen. Das habe ich schon gesagt.

Ich würde mich gern damit abfinden, dass passiert, was nun einmal passieren muss. Glaub mir. Ich hätte gern, dass der Arzt mir keine Hoffnung macht.

Hat er aber heute.

Die ersten Male

Sara

Bitte nicht schon wieder, Bruno! So langsam geht mir diese Therapie auf den Senkel. Ich rede und rede, und du reibst mir mein ganzes Elend unter die Nase. Aber so läuft das nicht, weißt du? Hier geht es darum, dass du mir hilfst, mein Selbstwertgefühl zu steigern. Mir ist schon klar, dass ich so wirke, als wäre ich eine starke Frau. Aber dass du mir dermaßen zusetzt, das kann ich nicht gebrauchen.

Also nochmal von vorn.

Mein erstes Mal.

Natürlich weiß ich noch, wo das war: auf der Party zum siebzehnten Geburtstag von Marilú. In ihrem Sommerhaus in San Vicente. Ihre Eltern waren nicht da. Wir haben eine Mordsparty geschmissen. Wir waren in der zehnten Klasse. Marilú hat alles organisiert, ohne ihrer Mutter Bescheid zu sagen, die dachte nämlich, wir würden uns auf eine Matheprüfung vorbereiten.

Natürlich erinnere ich mich, wie wir's gemacht haben: auf einem der Liegestühle am Pool. Um vier Uhr morgens. Und von dem feuchten Kissen wurde mein Kleid ganz nass.

Klar weiß ich, wie ich mich gefühlt habe. Verwirrt, betrunken, zu viel gekifft, zu viel geraucht, zu viel eingeschmissen. Denn wenn du dich nicht zudröhnst, dann bist du niemand. Wenn du nicht vögelst, bist du niemand. Wenn du die

64

Tabletten, die sie dir reichen, nicht ausprobierst, bist du niemand. Scheiße, Bruno, du weißt doch, wie das läuft. Du wirst doch jetzt keinen Schreck kriegen.

Ich weiß natürlich nicht mehr, mit wem.

Und das ist mir auch egal.

Und jetzt leg ich auf, damit du mir eine nette Mail schreiben kannst, in der du mir erzählst, dass es mir nicht egal ist.

Du siehst, ich habe eine klare Vorstellung von deiner Arbeit.

Und du, Bruno, wovon hast du eine klare Vorstellung?

Wenn ich groß bin, dann werde ich …

Viviana

Paulina wohnt in der Nummer 8C. Sie ist acht Jahre alt und trägt immer zwei Zöpfe, die sie mit rosa Bändern zusammenbindet. Sie tanzt gern. Wenn bei ihr zu Hause Zoff ist, dann haut sie ab und spielt im Gang vor meiner Tür. Sie schnappt sich das Handy ihrer Mutter, macht sich Musik an und tut so, als wäre sie eine Profitänzerin. Streckt ihr Bein aus und stellt sich auf die Fußspitzen. Wackelt zum Rhythmus von *La Gozadera* mit dem Po. Erfindet alle möglichen Schritte und dreht komplizierte Pirouetten. »Die macht richtig die Beine breit«, scherze ich mit Roscof, wenn ich ihm von dem Mädchen erzähle.

Paulinas Mutter arbeitet in dem Obstladen an der Ecke. Wenn sie allein ist (und es bleibt ihr nichts anderes übrig, als viele Nachmittage allein zu verbringen, denn die Obsthandlung bringt nicht genug ein, um jemanden zu bezahlen, der auf sie aufpasst), dann klopft sie an meine Tür. Ich rede gern mit ihr. Zweimal in der Woche kaufe ich ihr ein Überraschungs-Ei, aber ihrer Mutter erzählen wir davon nichts. Das halten wir geheim, denn ihre Mutter mag es nicht, wenn sie mit mir redet. »Ich weiß nicht, warum«, sagt sie zu mir. »Vielleicht will sie ja nicht, dass mein galicischer Akzent auf dich abfärbt«, sage ich.

Du weißt ja, Papa, ich war nie besonders gut im Erfinden von Ausreden.

Es gefällt mir, wenn sie mich voller Bewunderung ansieht. »Wenn ich groß bin, dann möchte ich so hübsch sein wie du«, sagt sie. »Ich möchte mir jeden Tag eine Perücke aufsetzen.«

Manchmal lass ich sie welche anprobieren.

Ich würde ihr am liebsten sagen, dass sie sich hoffentlich nie unter einer verstecken muss. Dass sie bezaubernd aussieht mit ihren Zöpfchen.

Aber was ich ihr dann tatsächlich sage, ist, dass es noch lange dauern wird, bis sie erwachsen ist. Dass es egal ist, was sie heute will. Dass es das Wichtigste ist, dass sie eine Arbeit findet, die ihr Spaß macht. Sie solle sich nie darum scheren, was die anderen sagen. Sie sagt, wenn sie groß ist, möchte sie bei IKEA arbeiten.

Wie ich.

Ein Montag wie früher

Marina

Früher hieß es an Montagen immer: Früh aufstehen, raus in den Verkehrsstau, Akten wälzen, wöchentliche Planungssitzungen abhalten.

Die einzige Planung für meine jetzigen Montage übernimmt das Fernsehprogramm.

Ich frage mich, was ich machen würde, wenn heute ein echter Montag wäre.

Ich würde mir die Zähne putzen (mit der Zahnpasta, die ich im Mercadona gekauft habe). Zehn Minuten später würde ich das Auto aus der Garage holen, und in zwanzig Minuten würde ich im Zentrum im Stau stehen. Und in dreißig Minuten würde ich da immer noch feststecken. Der Sprecher im Radio würde von den allgemeinen Wahlen sprechen, die möglicherweise angekündigt werden. Und weil ich es satthätte, jeden Montag die gleichen Nachrichten zu hören, würde ich eine CD einlegen. Und dann würde ich das Album von Coldplay hören, das ich mir auf der Fahrt nach Santiago (zu dem Mercadona, in dem Quique nicht arbeitet) immer wieder angehört habe, zur Strafe.

An einem Montag wie früher würde ich drei Klienten empfangen und ein paar Gänge ins Gericht machen. Außerdem würde ich einen Vertreter empfangen. Vielleicht den von der Versicherungsgesellschaft. Und ich würde mit meiner Whats-

App-Gruppe vom Institut chatten und fürs Wochenende ein Abendessen ausmachen. Außerdem würde ich zu spät zum Yoga-Kurs kommen.

An einem Montag wie früher würde ich zum Mercadona gehen (diesmal zu dem, in dem Quique arbeitet), weil ich ganz bestimmt keine Milch mehr dahätte. Und Kaffee auch nicht. Oder keinen Kaba. Keinen kalorienfreien Kaba.

An einem Montag wie früher würde ich wieder mit Quique plaudern, während ich mageres Fleisch einkaufe. Und Hühnerbrust. Und den Schinken wie immer. Phosphatfrei. Und den Käse aus entrahmter Milch. Alles »frei von«. Und er würde mich anschauen, wie du mich schon monatelang nicht mehr angeschaut hast.

Du siehst schon. Ich habe klare Vorstellungen.

Wir konnten es nicht vermeiden. Ich konnte es nicht.

An einem Montag wie früher würde alles wieder ganz genauso geschehen, sodass der Montag von früher sich in den Montag von heute verwandeln würde.

Und ich würde wieder auf diesem Sofa sitzen, würde mir die Werbung für einen Miedergürtel ansehen, mit dem ich zwei Größen schlanker sein würde, und mir überlegen, was wohl wäre, wenn wie durch ein Wunder ein normaler Montag wäre.

Eine Frage der Prozente

Carmela

Ach, Manuel, du ahnst ja nicht, was ich für einen Schreck bekommen habe! Ich war hier, rief dann bei dir zu Hause an und dachte, ich würde dieselbe Stimme hören wie immer. Diese Stimme, die sagt: »Hallo, hier spricht Manuel. Ich bin leider nicht zu Hause. Gleich kommt ein Pieps. Ruf mich auf dem Handy an oder hinterlass mir eine Nachricht nach dem Signalton.«

Stattdessen ging jemand ran. Und ich, statt aufzulegen, hab gedacht, du bist das.

»Mein Schatz!«, hab ich geschrien.

»Señora Carmela!«, war die Antwort.

Himmel, Arsch und Zwirn! Ich hatte ganz vergessen, dass du die Nachbarin darum gebeten hast, bei dir die Blumen zu gießen. Arme Fina. Sie denkt jetzt bestimmt, ich bin verrückt. Dass ich meinen Sohn anrufe, wo der doch in der Wüste ist.

Das Gute am Altwerden ist, dass einen niemand mehr so richtig für voll nimmt. Ich habe ihr dann erzählt, ich hätte mich in der Nummer geirrt. Und dass mir das in letzter Zeit öfter passiert. Es ist mir lieber, die Leute denken, ich hätte ein Gedächtnis wie ein Sieb, als die Wahrheit zu erzählen.

Und dann hast du mich angerufen.

Wie schlecht du dich verstellen kannst, Manuel! Du hast mich unauffällig testen wollen! Ob ich mir die Sachen auf meiner Einkaufsliste merken könnte. Die Ziffern auf der Uhr. Ob ich wüsste, in welchem Jahr ich geboren bin. Oder ob ich dir das Jahr, den Monat und die Stunde sagen könnte, in der du geboren wurdest... Ach, Manuel! Ich erinnere mich an alles. An das Jahr, den Monat, die Stunde, in der du zur Welt gekommen bist. An den kleinen blauen Pulli, den ich dir angezogen habe. Wie gerührt Caride gewesen ist und wie er dann für alle Arbeitskollegen in der Werkstatt Zigarren gekauft hat. Ich erinnere mich, dass es regnete. Dass ich ein paar goldene Ohrringe in der Tasche vergaß, die ich vorsorglich gekauft hatte, für den Fall, dass du ein Mädchen wirst. Denn ja, ich hab mir ein Mädchen gewünscht, aber, mein lieber Sohn, ich war nicht lange enttäuscht. Natürlich habe ich dir das nicht tatsächlich alles erzählt. Ich habe bloß geantwortet: »1970.« Und dann ganz überrascht getan: »Aber... was ist denn los?«

Ich habe Krebs, und du glaubst, ich hätte Alzheimer, das ist los. Aber du warst immer noch nicht überzeugt davon, dass alles in Ordnung ist. Hast plötzlich davon geredet, du würdest mal für ein paar Tage vorbeikommen. Oh je, Manuel! Wenn du kommen würdest, dann würdest du nicht wieder gehen! Du würdest hierbleiben wollen, um zusammen mit Carracedo herauszufinden, warum sich der Haupttumor um vierzig Prozent verkleinert hat in den vergangenen Wochen, obwohl ich nur eine Brausetablette Aspirin nehme und mir nach dem Essen ein Gläschen Schnaps genehmige.

Schau doch nur, wie glücklich mich das gemacht hat.

Als ob die restlichen sechzig Prozent nicht immer noch da wären.

Sind sie aber.

Je suis Emma

Sara

Wie du mir in deiner letzten Mail angedeutet hast, willst du, dass ich was mache. Einfach so. Irgendwas. Ohne genauer zu sagen, was. Ich nehme an, es ist dir egal, ob ich ins Fitnessstudio gehe oder einen Kochkurs belege. Ich soll was machen. Wirklich ein professioneller und konkreter Vorschlag, Bruno. Ich soll vor die Tür gehen.

Denk dran, dass das gar nicht so leicht ist. Sara ist verrückt. Sara ist selbstmordgefährdet. Sara darf nicht allein aus dem Haus. Das heißt, du müsstest meine Mutter anrufen und ihr sagen, sie soll aufhören, mir ständig hinterherzuspionieren. Es ist ja schon so weit, dass sie mir Conchita hinterherschickt, wenn ich joggen gehe. Ich kriege praktisch keinen Fuß auf die Straße, ohne dass sie oder Rubén dabei sind.

Also ruf doch meine Eltern mal kurz an. Es wäre schön, wenn sie mir ein bisschen Luft zum Atmen ließen.

Ich ersticke, Bruno.

Ich soll was machen. Keine Ahnung. Ich hab mir Kleider im Internet gekauft. Hab mir mit Rubén die Geschenke für die Hochzeitsliste ausgesucht. Bin zum Leseclub einer Buchhandlung gegangen. Meine Mutter hat mich dazu gezwungen, weil ich gern lese. Aber ich lese gern, was mir gefällt, nicht was eine Gruppe von Bekloppten mir vorschlägt. Und dann wurde es *Madame Bovary*. Soll ich das Buch für dich zusammenfassen?

Die Geschichte handelt von einer dummen Frau, die von einer Blase von Nachbarn umgeben ist, die noch dümmer sind als sie. Von einem dummen Ehemann, der gar nicht merkt, was eigentlich passiert. Und was mir am meisten auf den Zeiger ging, war diese Frau. Sie hat alles, einen guten Ehemann, eine Position in der Gesellschaft, eine Tochter. Letztlich kommt, wie dort gesagt wurde, alles auf eins heraus: Emma Bovary kann sich nicht zufriedengeben. Sie will mehr, wo es gar nichts zu wollen gibt. Vielleicht ist dieser Frust daran schuld, dass sie am Ende Gift nimmt und sich umbringt. Weil Emma Bovary so programmiert ist, dass sie gar nicht glücklich sein kann.

Solche Leute scheint's zu geben.

Geburtstage

Viviana

Meine Lieblings-Irina heißt Nicoleta. Sie ist seit knapp drei Monaten hier und der Liebling nicht nur von mir, sondern von vielen. Genau aus diesem Grund können einige meiner Kolleginnen sie nicht ausstehen. Es ist nicht leicht, mit ihrer Haut zu konkurrieren, weiß und vollkommen wie auf einem Gemälde, und in ihrem Gesicht die schönsten Mandelaugen, die du je gesehen hast, von einem tiefen Blau mit goldenen Funken. In diesen Augen zu versinken, das ist, als würde man sich an einem Sommerabend auf die Brücke von Loira setzen, an einem dieser Abende, wenn die Sonne langsamer untergeht als gewöhnlich. Au weia, Papa! Das klingt jetzt vermutlich ziemlich kitschig. Vielleicht bin ich gerade besonders dünnhäutig. Nur damit du siehst, dass wir Nutten zum Beispiel auch dichten können. Wobei ausgerechnet diese Nutte hier dann eines aber nicht kann, nämlich kochen. Es ist wirklich eine Schande, ich versuche gerade, Nicoleta einen Geburtstagskuchen zu backen.

Nicht irgendeinen Kuchen. Den Kuchen aus Keksen, Sahnecreme und Schokolade, den Tante Albertina immer zu meinem und Inés' Geburtstag gemacht hat. Was habt ihr euch immer bemüht, dass wir den zusammen feiern, dabei waren wir einen ganzen Monat auseinander! Aber ihr habt uns wie Schwestern erzogen. Ich denke, Mama hätte es gerngehabt, wenn wir welche gewesen wären. Sie wäre gern mit Onkel Paco verheiratet gewesen. Anders kann ich mir ihr Verhalten nicht erklären. Als ob das überhaupt ginge. Als ob sich Mamas Benehmen irgendwie rechtfertigen ließe.

Ich finde das Rezept nicht. Die geheime Zutat von Tante Albertina.

Vorhin habe ich Inés angerufen. Ich habe fast schon vergessen, wie das ist, wenn man telefoniert und am anderen Ende ist wirklich jemand dran, nicht nur die metallische Stimme. *Der angerufene Teilnehmer antwortet nicht. Bitte hinterlassen Sie eine Nachricht nach dem Signalton.*

Inés geht es gut. Sie ist traurig wegen Tante Albertina. Sie hat auch von Mama gesprochen. Ich weiß nicht, was ich gesagt habe. Ich habe konzentriert die Butterdose angestarrt, bis dreißig gezählt und ihr dann das Wort abgeschnitten. Wie sollte ich ihr erklären, dass das Einzige, was ich von ihr wollte, diese verfluchte Zutat war, eine Geburtstagstorte, und wenn ich noch etwas dazuwählen könnte, einen Geburtstag für mich allein, eine echte Mutter und einen Nachmittag, an dem ich vor der Tür von Cachóns Laden hocke und nichts Besseres tun habe, als ein Zitroneneis am Stiel zu lutschen?

Zimt? Ist es vielleicht Zimt? Oder irgendein besonderer Dessertwein? Wie hieß er noch mal? Sansón? Inés kann sich nicht erinnern. Ich auch nicht. Ich erinnere mich an andere Dinge. An die Augen ihres Vaters. An das Gewicht seines Körpers auf mir.

Ich musste auflegen. Sie erinnern sich an nichts. Ich wünschte mir, ich hätte Tante Albertinas Alzheimer.

Ich hätte gern mein Leben von vor diesem Nachmittag zurück.

Ich habe die zähflüssige Mischung ins Klo gekippt und bin ins Xanadú gegangen.

Auf dem Weg dorthin habe ich einen Erdbeerkuchen mit Sahne gekauft.

Ich habe es dir ja schon gesagt. Nicoleta ist mein Liebling.

Und das ist jetzt mein Leben. Und das Einzige, was mich mit Loira verbindet, sind die Augen einer rumänischen Prostituierten und diese sinnlosen Anrufe, die sich niemand jemals anhören wird.

Leidseligkeit

Marina

Seit du gegangen bist, bin ich in einem ständigen Gefühl von Leid gefangen. Alles ist »frei von«.

Keine Michelle, keine Kanzlei, keine Montage, kein Stau, kein du.

Daher diese gewollte Dunkelheit. Als Gesellschaft nur das morgendliche Fernsehprogramm. Ich trauere um uns. Ich habe mir riesig Mühe gegeben, in diesem Haus ein paar Krümelchen Fröhlichkeit zu finden. Aber da war nichts. Ich glaube, du hast in deinen Koffer die ganze Glückseligkeit hineingepackt, die wir in diesen sieben Jahren angehäuft hatten. Du hättest gern das Enzyklopädische Wörterbuch mitnehmen und mir stattdessen etwas dalassen können, das ein Lächeln wert ist.

Denn was ist Glück eigentlich? Für mich steht gerade jeder Augenblick des Glücks in Verbindung mit dir. Die Hochzeitsreise nach Griechenland. Die nächtlichen Spaziergänge am Strand von Agia Anna, der Schokoladenkuchen, den du am ersten Hochzeitstag für mich gebacken hast, die zwölf Tulpen, die du mir nach unserem ersten Streit geschickt hast. Die erste Nacht in dieser Maisonette-Wohnung.

All meine Erinnerungen sind mit dir verknüpft. Deshalb ist jede Erinnerung, die mir in den Sinn kommt, einer ständigen Veränderung unterworfen. Die Erinnerung taucht auf, und einen winzigen Augenblick lang empfinde ich diese Euphorie, aber sie verwandelt sich auf der Stelle in ein süß-säuerliches Gefühl von Verlust und Abwesenheit. Und die erste Nacht in unserem Haus, in der wir auf dem Fußboden im Wohnzimmer miteinander geschlafen haben, weil das Sofa noch nicht geliefert worden war, sie verschwimmt und wird ersetzt durch die Nacht an diesem Sonntag vor drei Monaten. Meine erste Nacht allein in der Wohnung. Eine Nacht, die noch nicht vorüber ist.

Was ist Glück? Das kann ich dir verraten. Das Glück ist eine Nutte. Sie geht an dir vorbei und sagt: »Dieser Augenblick gehört dir. Genieße ihn. Bewahre ihn in deiner Erinnerung.« Und dann kommt das Glück zurück. Es kommt zurück, wenn du schon glaubst, den Augenblick vergessen zu haben. Dann kommt dieses verflixte Glück und stellt sich vor dich, um dir den Augenblick zu zeigen, den du schon vergessen hattest, und es schreit aus vollem Halse: »Da hast du's. Das ist das, was du verloren hast.«

Aber glaub nicht, dass ich mich leicht geschlagen gebe. Ich gebe mir große Mühe, Augenblicke des Glücks zu finden, die nichts mit dir zu tun haben, Jorge. Da gibt es nicht so viele. Na ja. Es gibt schon welche. Viele nicht, aber es gibt welche.

Ich erinnere mich an die Zeit, in der ich mit Rodrigo die Kanzlei eröffnet habe. An die Suche nach Gebrauchtmöbeln, die noch gut aussahen. An die Auswahl eines Namensschildes für den Eingang.

LIMÉNS & PEREIRA
ANWÄLTE

Und im gleichen Moment erinnere ich mich daran, wie viel Spaß ich mit Rodrigo an dem Wochenende hatte, an dem wir die Büroräume gestrichen haben. In der Farbe *New Yorker Grau*. Endlich eine eigene Erinnerung. Eine autonome. Eine, die ganz allein mir gehört.

Sicher, das ist nur eine Illusion. Sobald ein Anflug von einem Lächeln erscheint, lauert diese andere Erinnerung in meinem Gedächtnis, die verknüpft ist mit dir. Und vom *New Yorker Grau* gehe ich weiter zur sandfarbenen Wand, die wir uns für unser Schlafzimmer ausgesucht haben. *Sunset Gold*. Und diese Erinnerung versetzt mir einen Schlag in die Magengrube. Wieder dieses verfluchte Glück, das sich vor mir aufpflanzt wie eine Nutte und mir einen vollkommenen Moment vorgaukelt, um ihn dann mit Traurigkeit einzufärben.

Und so vermischen sich unkontrolliert die Grenzen zwischen Glückseligkeit und Traurigkeit und rufen ein Gefühl hervor, das ich *Leidseligkeit* getauft habe.

Das sollten sie mal in das dämliche Enzyklopädische Wörterbuch aufnehmen.

Eine liegende Acht am Handgelenk

Carmela

Hallo, Manuel!

Erinnerst du dich, was du zu mir gesagt hast, als du klein warst?

»Wie lieb hast du mich, Mama?« »Sehr.« »Und wie viel ist sehr, Mama?« »Ganz viel.« »Ich habe dich unendlich lieb«, hast du geantwortet. »Unendlich.« Als wüsste eine ungebildete Frau, was unendlich ist. »Unendlich ist eine liegende Acht«, hast du mir einmal gesagt, als du von der Schule nach Hause kamst.

Du hast dir ein Unendlichkeitszeichen aufs Handgelenk tätowiert. Ich wusste zwar, was das bedeutet. Aber ich habe trotzdem mit dir geschimpft. Denn ein guter Mann, ein Arzt, der kann doch nicht mit einer Tätowierung herumlaufen wie ein gewöhnlicher Matrose. »Unendlich, Mama«, hast du mir geantwortet. Und mir einen Kuss gegeben, um der Schimpferei ein Ende zu machen.

Unendlich hast du auch sie geliebt. Das weiß ich. Denn anders kannst du gar nicht lieben.

Ich bin nicht so. Von wem hast du nur diese Fähigkeit geerbt, derart maßlos zu lieben, mein Sohn? Alles machst du aus Liebe. In deinem Beruf. Mit deinen Patienten. Mit mir. Mit ihr. Unendlich.

Du bist nicht nach mir geraten, wirklich nicht.

Ja, dich liebe ich, ich weiß. Mehr als mein Leben, Manuel. Aber glaub bloß nicht, ich wäre ein guter Mensch. Es gibt viele Leute, die ich nicht ausstehen kann. Da brauche ich nicht lange zu suchen, ich bin immer noch sauer auf deine Tante Sinda, obwohl ich Frieden mit ihr geschlossen habe. Sie jammert mir zu viel ...

Chus ertrage ich auch nicht, die Nachbarin aus dem vierten Stock, denn die redet die ganze Zeit. Heute ist sie mir gleich im Aufzug begegnet. Ich mag es überhaupt nicht, wie sie mich ansieht. Sie hat mich gefragt, ob es mir gut geht. Als würde sie was ahnen, die Neuigkeit wird sicher bis in die Sahara weitergetratscht.

Und unser neuer Pfarrer gefällt mir auch nicht. Wenn du mich fragst, ist das ein Depp. Er redet nur Unsinn. Und dabei gibt es gute Pfarrer. Pepe, sein Vorgänger, der war ganz hervorragend. Aber der ist in die Mission gegangen. Fast so wie du.

Es gibt so viele Leute, die ich nicht ertrage, mein Sohn.

Nein. Deine Freundin hab ich nie gemocht. Ich weiß, dass du das weißt, auch wenn ich es dir nie gesagt habe. Ich könnte dir nicht sagen, warum. Aber dieses Mädchen war undurchschaubar. Sie hat mir nie in die Augen sehen können. Nie. Ich weiß nicht, was sie vor mir verbergen wollte. Aber sie war nicht sauber. Sie war nicht das, was du verdienst, Manuel.

Und ich habe Caride nie geliebt.

Und manchmal habe ich ihn gehasst.

Unendlich.

Resilienz

Sara

Hallo, Bruno!

Was für hübsche Wörter ihr Psychologen benutzt! Ich glaube, das macht ihr, um eure Honorare zu rechtfertigen.

Resilienz.

Ich musste im Wörterbuch nachschlagen. Und auf Wikipedia suchen. Es ist ein Begriff aus der Physik, die Fähigkeit eines Metalls, nach einer elastischen Verformung in den Ausgangszustand zurückzukehren. Ich nehme mal an, dir ging es um die psychologische Deutung des Begriffs. »Resilienz wird definiert als die Fähigkeit des Menschen, schwierige Lebensumstände zu meistern.«

Du sagst, was mir passiert sei, könne mir helfen, mich meiner Zukunft zu stellen. Aber du gehst von einer falschen Hypothese aus.

Davon, dass geschehen ist, was gar nicht geschehen ist.

Nehmen wir mal an, es sei wahr (reine Spekulation zu Übungszwecken). Nehmen wir mal an, es war kein Versehen. Erklär mir, warum. Ich bin jung (objektive Tatsache). Hübsch (subjektive Tatsache). Ich habe keine Geldsorgen. Ich liebe Rubén. Rubén liebt mich. Wir werden heiraten.

Schau dir mein Leben an, und dann erkläre mir, welche Schwierigkeiten ich meistern soll. Erkläre mir, angenommen ich hätte mich umbringen wollen, nur das eine. Warum?

Was stimmt da nicht mit mir, Bruno? Welcher verborgene Mechanismus ist daran schuld, dass ich eines Morgens aufwache und sterben will? Darauf hast du keine Antwort. Es gibt keine. Aber jetzt bin ich wenigstens etwas beruhigt. Jetzt weiß ich, dass ich diese unbekannte Schwierigkeit mit neuen Kräften meistern werde.

Resilienz.

So ein Quatsch.

Was man vom Busfenster aus so alles sehen kann

Viviana

In letzter Zeit bin ich des Öfteren auch mal mit dem Bus zur Arbeit gefahren. Ich weiß nicht, warum. Mit der Metro brauche ich für den Weg nur halb so lang. Ich glaube, ich beobachte einfach gern die Leute auf der Straße. In ihrem natürlichen Habitat, bei Tageslicht.

Ich teile die Leute gern in bestimmte Gruppen ein.

Die Unglücklichen, die Gelangweilten, die Erwartungsvollen, die Nachdenklichen, die Unbedeutenden, die Schwulen, die Frohen, die Betrübten, die Gehetzten. Und ein paar ganz, ganz wenige Glückliche.

Madrid ist ein riesiger Zoo.

Heute haben wir wegen eines Unfalls zwanzig Minuten gestanden. Die Leute im Bus wurden allmählich nervös. Einige stiegen aus.

Ich blieb sitzen. Im Xanadú gibt es keine Stechkarten. Durch das kleine Fenster im Bus konnte ich sehen, wie das Leben mit normaler Geschwindigkeit weiterging. Die Kinder hatten schwere Schulranzen auf dem Rücken. Jeder Siebte sah im Gehen auf sein Handy. Müde Frauen schleppten riesige Tüten, solche, in die das halbe Leben hineinpasst. Im Wartehäuschen standen zwei Jugendliche und küssten sich, wie nur Fünfzehnjährige küssen können. Mit Hunger, mit der Gier eines naschhaften Kindes.

Und hinter der Bushaltestelle gab es einen Laden mit Haushaltsgeräten.

Und hinter dem Schaufenster sieben eingeschaltete Fernseher.

Und in der Bildmitte, für acht Sekunden, Manuel.

Mein Manuel.

Rodrigo, Kater Milan und das Tintenfisch-Sandwich am Strand von Agrelo

Marina

Heute bekam ich Besuch von Rodrigo, und er zwang mich, aus dem Haus zu gehen. Und zwar richtig. Nicht so ein Käse wie damals, als ich in meinen Yogahosen und einem T-Shirt mit Werbung für Müsli darauf ins Auto stieg, um in Compostela einkaufen zu gehen.

Er zwang mich, eine Dusche zu nehmen und mich zu kämmen (»Aber Marina, wo willst du denn mit diesen Haaren hin, du bist verrückt, wenn du dir einbildest, dass ich mit dir irgendwo hingehe, solange du diesen Filz auf dem Kopf hast«). Er suchte ein weißes Kleid für mich aus (»Supercooool. Das perfekte Ibiza-Feeling, Marinita«). Und dann musste ich mir die Beine rasieren (»Geh doch hier noch mal schnell drüber, meine Liebe, wie konntest du dich nur so gehen lassen?«). Und mich schminken (»Mehr Rouge, pleaaaaase!«).

Und dann gab er noch immer keine Ruhe. Er zog die Rollläden hoch. Öffnete die Fenster. Ließ Licht ins Wohnzimmer. Zwang mich, in unser Schlafzimmer hinaufzugehen, so golden, so verflucht *Sunset Gold*. Und mich im Spiegel anzusehen. Und da stellte ich fest: Während die meisten anderen Geschiedenen aussahen, als hätten sie eine Zeit im Konzentrationslager verbracht, hatte ich mindestens fünf Kilo zugenommen. Lasagne. Cornflakes. Kohlenhydrat-Orgien. Alles »mit«. Nichts »ohne«.

Dann fuhren wir mit meinem Auto an den Strand, schalteten allerdings das Radio ein (»Mit Coldplay ist jetzt Schluss, Marina«). Und gingen am Strand von Agrelo spazieren, wobei er mir jede einzelne erbärmliche Scheidung unserer erbärmlichen Klienten schilderte.

Und zu mir sagte, er könne es nicht länger ertragen, allein in der Kanzlei zu arbeiten. Oder mir dabei zuzuschauen, wie ich mich in eine erbärmliche Anwältin verwandelte, die sich als eine erbärmliche Geschiedene verkleidet.

Und so ging es immer weiter, bis ich ihn bat, er möge doch bitte aufhören, das Adjektiv erbärmlich zu benutzen, sonst würde ich schreien.

»Zieh einen Schlussstrich und fang neu an, Marina. Sieh dich doch an. In deinem Kleid, so weiß, so cool, so ibizalike. Du bist eine großartige Anwältin. Und ich ertrage diese leere Kanzlei nicht länger, ohne dich.«

Ohne dich, das ist, was ich bin, Jorge. Mein ganzes Leben ist ohne, nur das Essen natürlich nicht, das ist nicht ohne.

Und dann bestellte er sich ein Tintenfisch-Sandwich (»Für dich nicht, Marina. Für dich eine Coca Cola Zero, zuckerfrei, wir müssen den Schaden wiedergutmachen, den du in den letzten Monaten angerichtet hast«), während er mir in einem Rutsch erzählte, was es in seinem Leben Neues gab. Dass er demnächst verreisen würde. Dass er verliebt sei (»Diesmal, Marina, das sage ich dir, ist es der Mann meines Lebens, so etwas habe ich noch nicht empfunden«). Dass er Flugtickets für Griechenland habe (»Du hast mir immer gesagt, die Ägäis sei das Größte, Marina«). Und dass Ramón, der Ramón, Polizist bei der Nationalpolizei, der perfekte Mann und jetzt sein neuer Freund, eine Katzenallergie habe, daher werde er mir am Abend Milan in seiner Transportbox vorbeibringen, damit er solange bei mir bleiben könne (»Du wirst schon sehen, das wird deine Laune heben, dann bist du nicht mehr so allein«).

Und dass er Freitag fahren würde.

Und es war schon Mittwoch.

Ich solle morgen in die Kanzlei kommen, er werde mich dann briefen. Klar, vorher sollte ich bei meinem Hausarzt vorbeischauen, damit er mich gesundschreibt. Sonst würden wir mit der Arbeitsaufsichtsbehörde Probleme bekommen.

Tja, und so ist es jetzt. Morgen gehe ich wieder arbeiten.

Sieht zumindest so aus.

Und mir ist zum Heulen zumute. Denn du weißt ja, wie sehr ich Tiere hasse. Und Rodrigo hat meinen Kühlschrank ausgeräumt und dann das Obstfach mit Äpfeln und den Tiefkühler mit Gemüse vollgepackt. Ich weiß nicht, welches Kostüm ich anziehen soll. Ich fürchte, mir passt gar nichts mehr. Außerdem hat Milan auf mein Bett gekotzt und in das grüne T-Shirt gebissen, das du nicht abgeholt hast (ja, das Shirt, das wir in San Patricio gewonnen hatten, in einem irischen Pub, damals, als wir noch gemeinsam tranken und zusammen wohnten, aber schon getrennt vögelten).

Aber wenigstens habe ich jetzt rasierte Beine.

Und ich bin cool.

Supercool.

Die Schatztruhe

Carmela

Hallo, Manuel!

Wenn du den Anrufbeantworter allein abhörst, dann heißt das, ich bin gestorben.

Sollten wir uns mein Gerede gemeinsam anhören, dann können wir drüber lachen. Hör dir das an, Manuel, was für ein Unsinn! Ich dachte, ich sterbe, und habe dir eine Menge sinnloser Nachrichten geschickt.

Heute allerdings bin ich bei Carracedo gewesen.

Das Sprudeltablettenwunder wirkt nicht mehr.

Der Krebs schreitet voran.

Also ist es wahrscheinlicher, dass du zu Hause auf dem Sofa sitzt und mir allein zuhörst. So ist das Leben, mein Sohn. Steh auf. Geh zum Wohnzimmerschrank. Öffne die rechte Tür. Herrje, mein Sohn! Was sind diese modernen Möbel kompliziert, mit ihren Türen, an denen es keinen Griff gibt. Ich habe eine Ewigkeit gebraucht, bis ich begriffen hatte, dass sie aufgehen, wenn man in der Mitte dagegendrückt. Ich hab mir gesagt: Kann es denn so schwer sein, ein stinknormales Möbelstück zu kaufen? Schieb die Bücher weg. Dahinter findest du sie dann.

Jetzt hast du sie. Eine viereckige Schachtel, wie man sie beim chinesischen Ramschsupermarkt für drei Euro bekommt. Mit einem ganzen Haufen Fotos drin. Dem Rezept für den Ochsenschwanz in Soße. Dreitausendfünfhundert Euro, die ich durch den Verkauf meines Goldschmucks eingenommen habe. Ich habe alles verkauft. Sogar die Hochzeitsringe. Meinen und den deines Vaters. Das Geld kannst du für deine NGO verwenden. Da ist es dann wirklich eine Hilfe.

Und die Telefonnummer von Alicia.

Ich habe sie ihrer Cousine abgebettelt. Ich musste ihr erzählen, was mit mir los ist, damit sie sie herausrückt. Ich weiß, dass sie sie dir nie geben wollte.

Ruf sie an, Manuel.

Sie hat mir nie gefallen, ich weiß. Aber es geht hier nicht um das, was mir gefällt.

Nicht mehr.

Und hör schon auf zu weinen. Ruf an.

Ich leg jetzt auf.

Hilferufe

Sara

Das Wichtigste zuerst: Danke, dass du meine Eltern überzeugt hast.

Gestern haben sie mich rausgelassen. Das weißt du mittlerweile bestimmt schon. Das dürften sie dir erzählt haben.

Papa hat mich mit Kreditkarte in die Stadt gehen lassen.

Was für ein Glück! Allein durch die Straßen zu laufen. In Geschäfte zu gehen. Kleider anzuprobieren. Kleider zu kaufen, in dem Wissen, dass das meiste als Geschenk für die Tochter der Putzfrau in einer Tüte landen wird. Conchita ist sehr nett zu mir. Ehrlich gesagt, bei vielen Klamotten hatte ich schon beim Kauf die Absicht, sie ihr zu schenken. Aber ich sag ihr einfach, sie würden mir nicht mehr gefallen. Manchmal sind noch die Etiketten dran. Wir tun beide so, als hätten wir das nicht gesehen.

Ich hab mir einfach alles gekauft. Parfüme. Lippenstifte. Unterwäsche. *Running*-Klamotten (boah, wie ich dieses Wort hasse!). T-Shirts. Bücher. Einen sehr eleganten Hut für dich (ich weiß schon, Hüte trägt heute niemand mehr, aber ich stand davor und habe sofort gedacht, dass ich dir ein Geschenk machen muss).

Das mit der Armbanduhr war ein reiner Impulskauf.

Ist nicht mal aus Gold. Modeschmuck. Aber ein Markenname.

Als ich rausrannte, begannen sämtliche Alarmsirenen zu heulen. Am Ende der Straße holte mich ein Sicherheitswächter ein. Ich kann mir natürlich denken, dass Papa dir schon alles erzählt hat, immerhin habe ich drei unbeantwortete Anrufe von dir auf dem Telefon. Mach dir keine Sorgen. Du weißt ja, es ist eine kleine Stadt.

Auf dem Polizeirevier war es dann fast schon lustig. Es wird keine Anzeige geben. Papa hat alles geregelt. Wie immer. Kommissar Peña ist Kunde bei Papas Bank. Am Ende haben sie dasselbe wie immer gesagt.

Dass es ein Versehen war.

Fahrräder

Viviana

Ich habe mir gerade einen Thermomix gekauft. Das ist ein ausgefuchster Apparat, mit dem man so ziemlich alles machen kann. Von einer Lasagne über Croquetas bis hin zu verschiedenen Geburtstagstorten für alle Irinas dieser Welt. Das Ding war sündhaft teuer, aber du weißt ja, dass ich niemals Geld verschwenden würde. Dass ich endlos spare, um diese verfluchten Schulden begleichen zu können. Ich habe im Haus bei einer meiner Kolleginnen aus dem Xanadú eine Vorführung gesehen und eine irrsinnige Lust bekommen, zu kochen und zu kochen und zu kochen ...

Ich kann mich nicht entsinnen, mir später noch einmal etwas so sehr gewünscht zu haben wie den roten BH, den die Heiligen Drei Könige zu Weihnachten damals Inés gebracht haben. An dem Tag habe ich mir sehr gewünscht, ich wäre sie, Papa. Ich hab mir immer gewünscht, ich wäre sie. Ich erinnere mich an sie vor ihrer Haustür. Auf dem Sattel ihres Fahrrads. An dem Tag habe ich gelernt, dass es die Heiligen Drei Könige gar nicht gibt.

Ich weiß, dass du Onkel Paco um Geld gebeten hast, damit du mir ein Fahrrad kaufen kannst, Papa. Ich habe dich und Mama in der Küche streiten hören. Und hab gehört, wie sie dir an den Kopf warf, dass wir, wegen deiner Angewohnheit, dich in der Eisenwarenhandlung zu verkriechen, für immer arm bleiben würden. Dass echte Männer zur See führen. Dass wir mit einem Lohn, wie man ihn an Land verdient, noch verhungern würden. Dass man schon ein rechter Mann sein müsse, um zur See zu fahren und den Lohn eines Chefs zu verdienen, wie Paco. Das konnte man alles hören, Papa.

Ich weiß auch, dass er dir das Geld nicht gegeben hat, denn am Ende hat Estrella es dir geliehen, deine Cousine. Das Fahrrad, das du mir gekauft hast, war wunderschön. Und schnell. So schnell, dass ich, als ich das erste Wettrennen mit Inés veranstaltete, von Cachóns Laden bis zur Quelle über hundert Meter Vorsprung hatte. An dem Tag begriff ich zwei Dinge. Dass du stolz auf mich warst. Und dass das Schicksal auch den Kindern der Armen zulächelt. Allerdings nur so selten, dass man sich nicht daran gewöhnen sollte.

Mehr wollte ich dir nicht sagen, Papa. Nur dass ich mir einen Thermomix gekauft habe.

Zivilisiert

Marina

Ich habe dich den ganzen Nachmittag auf deinem Handy anzurufen versucht. Warum gehst du nicht dran, Jorge? Ich glaube, du hast dir keinen einzigen meiner Anrufe angehört. Die ganzen Gespräche, die ich mit diesem Scheißapparat geführt habe, sie werden nichts fruchten. Das Beste wär, ich wäre auch unfruchtbar. Dann hätten wir uns viele Diskussionen erspart. Es gab eine Zeit, in der wir uns gestritten hatten. Erinnerst du dich? Jetzt machen wir das nicht mehr. Jetzt gehen wir ganz gesittet miteinander um.

Vermutlich wirst du dir auch diese Nachricht nicht anhören. Ich stelle mir vor, dass das Telefon klingelt und du seelenruhig weiter auf den Bildschirm schaust. Marini. Unter dem Namen laufe ich bei dir. So nennst du mich. Nur du. Und wenn die unvermeidlichen fünf Piepser vorbei sind, dann ertönt das Piiiiiii und ich spreche von unserer Maisonette-Wohnung aus über das Erste, was mir in den Sinn kommt. Über Fernsehzuschauer. Lasagne. Dschihadisten. Ganz egal. Du hörst nicht zu. Nie hörst du zu, Jorge.

Aber was soll's? Was würdest du schon sagen, wenn du mir zuhören würdest? Sicher nichts.

Als du heute Morgen angerufen hast, war ich unter der Dusche. Noch ganz nass und nackt bin ich rausgesprungen, weil ich dachte, es wäre Rodrigo.

»Marini«, hast du gesagt. »Wir müssen miteinander reden. Lass uns ein Treffen im Lois vereinbaren.«

»Ja, Jorge«, habe ich gesagt und dann aufgelegt.

»Ja, Jorge. Ja, mein Schatz. Warum rufst du jetzt erst an? Du hast mir so gefehlt.« Das alles habe ich erst nach dem Auflegen gesagt.

Und was geschah dann in der Lois-Bar? Nichts. Du hast dir einen Kaffee bestellt, obwohl du nie welchen trinkst. Ich habe mir einen Kaba bestellt. Und einen Moment lang haben wir beide geschwiegen. Wir dachten wahrscheinlich dasselbe. Dass die Tassen auf der falschen Seite stehen. Dass wir unsere Zeit mit einer sinnlosen Empathie-Übung vergeuden.

Und wir haben fast nicht geredet. Das heißt, geredet hast du schon. Aber nur Belanglosigkeiten. Dass du am Morgen mit einer neuen Zumba-Gruppe angefangen hast. Dass du auf dem Nachttisch ein Buch liegen gelassen hast. Dass dein Enkel seinen Beruf an den Nagel gehängt hat. Und dann hast du diesen Satz gesagt, einfach so. Ich will die Scheidung. Eine zivilisierte Scheidung, Marini.

Fahr doch zur Hölle, Jorge! Ich bin die verdammte Königin der zivilisierten Scheidung. Ich verkaufe Scheidungen in Geschenkpapier eingewickelt. Und ich gewähre 15 Prozent Rabatt für alle, die mir ihre scheidungswilligen Freunde vorbeischicken.

Aber nicht wir. Das hatte ich nicht erwartet. Wir doch nicht. Mir steckte plötzlich jede einzelne meiner Ansprachen quer im Hals. Die von den Lebensphasen. Die von den gegenseitigen Verpflichtungen. Alle. Ich saß stumm vor dir, und mir blieb der Mund offen stehen. Und dann bist du gegangen. Und hast mich wieder allein gelassen. Während ich mit dem Löffel in einer Tasse Kaba herumrührte und sicher war, dass du dir keinen einzigen meiner Anrufe angehört hattest.

Denn hättest du das getan, dann wären wir jetzt nicht an diesem Punkt angelangt. Dann würde ich jetzt nicht diese Papiere vorbereiten müssen. Papiere, die ich früher jeden Tag vorbereitet habe. Mit anderen Namen. Anderen Leben.

Da stehen wir nun also. Jetzt braucht es nur noch meine Unterschrift. Was tue ich jetzt, Jorge? Mach dir keine Sorgen. Du wirst deine verfluchte zivilisierte Scheidung bekommen. Wir werden ja sehen, ob du mir eines Tages zuhören wirst. Du greifst zum Telefon, und wir beginnen zu reden. Und du machst mir alle Vorwürfe, die du mir machen willst. Und ich dir auch.

Zum Teufel mit der Zivilisiertheit.

Von Lügen und Wahrheiten
und Dingen, über die nie geredet wurde,
die aber geschehen sind

Carmela

Ich kann nicht schlafen. Ich weiß nicht, warum. Vielleicht ist es das Gefühl, ich müsste unbedingt alles aus meinen Tagen herausholen. Ich mache für ein paar Stunden die Augen zu, dann wache ich wieder auf, als wäre es helllichter Tag. Und dann denke ich nach. Denke darüber nach, was ich da eigentlich mache. Ich lüge. Na gut, ich weiß nicht, ob man das lügen nennen kann, wenn man lediglich die Wahrheit verschweigt. Aber das ist wohl gehupft wie gesprungen.

Wer hätte das gedacht? Wo ich doch Lügen nie ausstehen konnte. Nicht nach dem, was Caride mir angetan hat. Und jetzt sterbe ich in einem Wald von Lügen, der völlig unkontrolliert wächst wie ein Hefepilz.

»Mama, was machst du eigentlich die ganze Zeit, dass ich dich nie zu Hause antreffe?«, fragst du mich.

Und ich lüge dich an. »Ich war im Haus deiner Tante.« »Ich war beim Stricken im Laden von Ana.« »Ich bin mit einer Freundin spazieren gegangen.« »Ich habe in deiner Wohnung nach dem Rechten gesehen.« Statt zu sagen: »Ich war beim Onkologen.« »Ich hatte eine Untersuchung.« »Ich habe meinen Goldschmuck verkauft.« »Ich war beim Hausarzt.« »Ich war bei der Cousine von Alicia, um mich nach ihr zu erkundigen.«

Jetzt verstehe ich, warum die Menschen lügen. Weil es so

einfach ist. Ich hätte schon vor Jahren damit anfangen sollen. Ich hätte mir viel Ärger erspart.

Ich erinnere mich, wie das war, als ich erfuhr, dass Caride mich belogen hat. Ich hätte den Mund halten können, aber nein. Ich habe ihn zur Rede gestellt. Ich habe ihm gesagt, dass ich nicht verdiene, was er mir da angetan hat. Ich hätte ihn geheiratet. Für immer. Das haben wir Frauen früher so gemacht. Aber ihm hat das nicht gereicht. Er hat mir ein Stück meines Lebens gestohlen. Weil er eifersüchtig war. Einfach so. Und hat es abgestritten. »Ich weiß nicht, was du da redest, Carmela. Ich hab dich nicht angelogen. Ich habe bloß vergessen, dir diese Briefe zu geben. Ich habe vergessen, dir davon zu erzählen.« Dass er mich für eine Idiotin gehalten hat, das hat mich am meisten gekränkt. Und dieser letzte Satz. »Ich hab dich nicht belogen, ich hab es dir nur nicht erzählt.«

Das ist der Unterschied zwischen Caride und mir. Er hat mich zu seinem eigenen Vorteil belogen. Ich lüge zu deinem Vorteil. Ich weiß keinen Ausweg. Es gibt keinen anderen Weg.

Da siehst du's. So weit ist es mit mir gekommen. Noch eine Lüge.

Ich belüge dich. Ich belüge mich selbst.

Ich mache das nicht für dich. Ich mache es für mich. Ich habe nicht die Kraft, dich leiden zu sehen, mein Sohn. Das ist meine einzige Wahrheit. Und ich bekomme allmählich Angst. Nicht vor dem Tod. Sondern davor, dass du mir nicht verzeihst. Dass du in dir zurückhältst, was ich die ganze Zeit gegen deinen Vater zurückgehalten habe.

Du sollst mich nicht hassen, Manuel. Liebe mich, wenn vielleicht auch nicht mehr unendlich.

Das sind so meine Gedanken.

Und da wundere ich mich, dass ich nicht schlafen kann.

Exil

Sara

Ich bin jetzt seit drei Tagen in Sober.

Das ist die Strafe dafür, dass ich mich vor Kommissar Peña über Papa lustig gemacht habe. Mama sagt, eine Woche bei Oma werde mir diese Profilierungssucht, die du angeblich bei mir diagnostiziert hast, schon austreiben.

Sei so gut und informiere mich über das, was du meinen Eltern erzählst. Wir fahren zweispurig. Ich vertraue dir, du verstraust mir. Dieser Kommunikationskanal muss in beide Richtungen funktionieren, tut er aber nicht. Du musst mir beweisen, dass du auf meiner Seite stehst. Ich erzähle dir alles. Und du schickst mir unterdessen bloß deine Mails und redest hinter meinem Rücken mit meinen Eltern. Bist du dir eigentlich bewusst, dass deine Glaubwürdigkeit bei meinen Eltern ganz empfindlich Schaden nehmen würde, wenn ich ihnen erzählte, dass ich nicht in dieses Steuerberaterbüro gehe, das du als deine Psychologenpraxis ausgibst?

Aber keine Angst. Dein Geheimnis ist bei mir gut aufgehoben. Wenn du dasselbe mit mir machen und mich ein bisschen unterstützen würdest, dann wäre ich jetzt nicht hier bei Oma Aurora. Profilierungssucht! Ich fühle mich wie ein Grundschulkind, das man in die Ecke gestellt hat, damit es über seine Schuld nachdenken kann.

Es ist die reine Hölle. Sie lassen mich nicht nach Monforte

fahren. Ich gehe auch nicht joggen. Hier laufen die Hunde frei herum, und keiner passt auf sie auf. Und meine Oma lässt mich schuften. Stell dir das mal vor! Sie glaubt, ich bin zu nichts nutze. Da habe ich ihr mal gezeigt, was eine Harke ist. Ich habe geackert wie blöd. Habe beim Umgraben geholfen. Bei der Aussaat. Ich sehe dich in deinem Büro, wie du diese Aufnahme immer wieder zurückspulst. Du weißt noch nicht, wie dickköpfig ich sein kann. Nein, ich bin nicht verrückt geworden. Mich werden sie nicht drankriegen. Ich werde ihnen nicht zeigen, wie ich mich fühle. Wenn gearbeitet werden muss, dann arbeite ich. Körperliche Anstrengung hat einen wohltuenden Effekt. Dafür muss es eine neurologische Erklärung geben. Keine Ahnung. Das muss was mit den Endorphinen zu tun haben. Außerdem mag ich Oma Aurora. Ich glaube, sie versteht mich besser als viele andere. Besser als du. Besser als meine Eltern. Wir sind beide ein bisschen enttäuscht von meiner Mutter. Sie sagt, sie könne sie nicht verstehen. Und dass man nicht vergessen sollte, wo man herkommt. Dass sie zwar ein großes Haus und viel Personal hat, aber nicht weiß, wo es langgeht im Leben. Dass sie sich daran erinnern sollte, wo sie geboren wurde. Dass sie keine Ahnung hat, wieso sie sich so als Marquise aufspielt. Ich weiß das schon. Das kommt daher, dass sie den einzigen Sohn von José María Viñas geheiratet hat. Arme Mama!

Sie ist weder von hier noch von dort. Sie ist der Aufgabe nicht gewachsen. Ist sie nie gewesen.

Also, Bruno, ich sag's noch mal, ich habe überhaupt keine Lust, meinem Vater zu sagen, dass diese Therapie hier nicht so ganz dem entspricht, was du ihm erzählt hast.

Es bleibt bei dem, was wir vereinbart hatten.

Hol mich hier raus, Bruno.

Buchstabenspiel

Viviana

Es war nicht im Xanadú, dass zum ersten Mal ein Mann die Hand gegen mich erhoben hat.

Wie bei allem in meinem Leben, war auch hier Onkel Paco der Erste.

Wenn du erfahren hättest, dass er damals, an dem Tag, an dem ich euch gesagt habe, ich wäre gestürzt, der eigentlich Schuldige war, dann hättest du ihn umgebracht. Das weiß ich, Papa. Deshalb habe ich dir nichts gesagt.

An jenem Tag versuchte er es wieder. Ich bin weggerannt und habe mir ein Küchenmesser geschnappt. Ich erinnere mich an seine ungläubige Miene. Er hat es mir aus der Hand genommen und mir den Arm umgedreht und hinter den Rücken gebogen, und dann immer fester zugedrückt, bis ich plötzlich dieses Geräusch hörte, wie wenn trockenes Stroh bricht.

Mama brachte mich ins Gesundheitszentrum. Ich wollte eigentlich allein hingehen. Mama war sehr sauer, denn es waren nur noch zwei Wochen bis zur Schuleignungsprüfung. »Wie kann man nur so blöd sein und so hinfallen.« Sie war so wütend, dass ich ihr beinahe die Wahrheit erzählt hätte. »Das war dumm von mir«, antwortete ich bloß.

Dr. Caride hat mich behandelt.

Manuel Caride.

Mein Manuel.

Es ist schon merkwürdig. Von diesem Tag habe ich nur noch seine Hände in Erinnerung, die meinen Arm fassen, während er mir den Gips anlegt.

Und seine beruhigende Stimme.

»Denk an was anderes. Lass uns ein Buchstabenspiel machen. Dein Wort muss anfangen mit dem letzten Buchstaben von meinem. Heilung«, machte er den Anfang.

»Träne.«

»Eleganz.«

»Zorn.«

»Naseweis.«

»Schmerzen.«

»Nudelsieb.«

»Bosheit.«

Beim achten Wort sah er mir in die Augen und fragte mich, was mit mir passiert sei.

Wer mir das angetan habe.

Und sagte zu mir, er könne den Sozialdienst benachrichtigen.

Die Nachbarin, die ihre Wäsche in den Hof hängt, obwohl es regnet

Marina

Hallo, Jorge,

Jetzt ist es offiziell. Wir haben uns getrennt. Wir befinden uns im Trennungsprozess. Das war immer der Satz, den ich verwendet habe. Als könnte eine Trennung ein einfacher Prozess sein.

Ich sage, jetzt ist es offiziell, weil ich es im Hof verkündet habe. Mit lauter Stimme. Du weißt, was ich meine. Ich habe es sozusagen dem offiziellen Amtsblatt unserer Nachbarschaft mitgeteilt. Ich muss mal nachschauen, ob sie es nicht vielleicht schon an der Infotafel angeschlagen haben, die unten im Durchgang hängt.

Es war keine Absicht. Ich habe Chus getroffen, die Nachbarin aus dem vierten Stock, zufällig beim Wäscheaufhängen. Sie hat mich nichts gefragt. Das war auch nicht nötig. Ein Blick auf meine Leine genügte schon. Slips. BHs. Röcke. Blusen. Kleider. Keine Spur mehr von den vielen Hemden und der Sportkleidung, die sich noch bis vor einigen Monaten in meinem Wäschekorb türmten.

Ich sah Chus an und sagte es ihr ins Gesicht. Einfach so. »Ich bin jetzt allein. Jorge und ich, wie durchlaufen gerade den Trennungsprozess.« Das ist meine neue Strategie. Sie blieb stumm. Sicher tratscht sie schon seit über einem Monat mit allen Nachbarn über mich. Und mit ihrem Mann. Ich stelle mir vor, wie sie vorm Einschlafen im Bett liegt, in ihrem Baumwollschlafanzug aus dem Supermarkt, kurz bevor sie in ihren Liebesroman abtaucht. Einen dieser Romane, in denen die Männer ein kantiges Kinn und muskulöse Oberkörper haben, aus langbewimperten Augen tiefgründige Blicke werfen und ihre Frauen nie im Stich lassen.

Und Chus, diese Frau, die damals, als du gerade deinen Koffer gepackt hast, ihre Wäsche aufgehängt hat, wirft ihrem Gatten einen Blick zu und sagt: »Die Anwältin aus der Maisonette-Wohnung, die wurde von ihrem Mann verlassen. Doch, Dani, jetzt stell dich doch nicht dümmer, als du bist. Natürlich kennst du sie! Marina. Die Frau von Jorge. Ihr Mann ist Trainer im Fitnessstudio.« Und er begreift erst, von wem sie da überhaupt redet, als sie ihm erklärt, dass ich einen weißen A3 fahre und du ein Motorrad. Und dann erzählt sie ihm unsere ganze Geschichte. Die, die er hören will. »Doch, Dani. Wenn ich es dir doch sage, er ist gegangen. Er hat sie sitzen gelassen.«

Es hat mir ungelogen eine besondere Genugtuung bereitet, ihr die Wahrheit einfach so ins Gesicht zu sagen. Als sie es am wenigsten erwartet hat. Als könnte ich sehen, was sie denkt. Ich habe sie um die Befriedigung gebracht, hinter meinem Rücken Spekulationen anzustellen. Ich habe sie dazu herausgefordert, mich zu fragen, warum du mich hast sitzen lassen. Ich bin mir sicher, sie denkt, du wärst mit einer Fitnesstrainerin abgehauen. Oder mit einer deiner Schülerinnen. Außerdem denkt sie, dass ich es verdient habe. Weil ich so hochnäsig bin.

Ich weiß nicht, ob ich hochnäsig bin.

Ich weiß, dass ich nicht bin wie sie.

Es war jedenfalls eine gute Strategie. Ich habe nichts gesagt. Sie hat geschwiegen. Es ist verdammt noch mal ganz schön schwierig, den Mund zu halten, je nachdem, gegenüber wem.

»Es ist nicht so schlimm«, habe ich ganz ruhig gesagt.

Und ob es schlimm ist! Schlimm ist, dass sie ihre Wäsche aufhängt, wann immer sie Lust dazu hat. Und jetzt ist meine letzte Erinnerung an deine letzten Momente in diesem Haus mit dem Bild von Chus verknüpft, wie sie einen grünen Bettbezug auf die Leine hängt. Quietschgrün. So grün wie der Buntstift der Marke Alpino, mit dem wir als Kinder immer gemalt hatten. Das waren meine tiefschürfenden Gedanken, als du mich verlassen hast. Ich erinnere mich, genau das gedacht zu haben. Dass es regnen wird. Dass sie keine Wäsche aufhängen sollte. Und ich erinnere mich an den Kaffee. Und immer wenn ich sie vor mir sehe, ist es wieder Sonntag. Wird wieder das Lied von Coldplay gespielt. Und wieder verlässt du mich.

»Ist nicht so schlimm, Chus.« Nein, ist es nicht. Sie möchte sich aus dem Staub machen. Und sagt das Erste, was ihr in den Sinn kommt. »Ich hänge meine Wäsche besser nicht auf. Ich glaube, es wird regnen.«

Und ich antworte ihr mit einer Binsenweisheit.

Auf Regen folgt Sonnenschein.

Warum ich Caride geheiratet habe

Carmela

Es fühlt sich sehr komisch an, dir aus meinem Leben zu erzählen. Aus dem Leben von Carmela, nicht aus dem deiner Mutter. Ich bin schon jahrelang nicht mehr Carmela gewesen. Ich bin schon sehr lange die Mutter von Manuel und die Frau von Caride.

Es gab einmal eine Zeit, zu der ich Carmela war. Und sonst nichts.

Eine Zeit, zu der ich mich verliebt habe. So wie du dich in dieses Mädchen verliebt hast. Ich erinnere mich noch, wie es sich angefühlt hat. Daran, wie mein Herz bis in die Fingerspitzen pochte, an den trockenen Mund. Nicht schlafen, nichts essen. An dieses Leben in Hoffnung. An dieses Hoffen, ohne zu leben.

Ich schätze mich glücklich, dass ich diese Erinnerungen habe. Dass ich die Liebe kennengelernt habe. Und sei es nur einmal im Leben.

Danach kam Caride. Und den habe ich geheiratet.

Warum ich ihn geheiratet habe?

Weil ich zwanzig Jahre alt war. Eine alte Jungfer. Zumindest für die damalige Zeit. Ich höre heute noch meine Mutter sagen, jetzt werde mich bald keiner mehr heiraten wollen. Sie gab mir eine Ohrfeige und sagte zu mir: *Du brauchst nichts mehr zu erwarten. Du brauchst auf niemanden mehr zu hoffen.*

Caride war ein alter Freund der Familie. Und er hatte Arbeit. Außerdem sah er ganz gut aus. Und er war verliebt in mich. Zumindest sagte er das.

Und so habe ich aufgehört, ich selbst zu sein.

Und bin die Frau von Caride geworden.

Und deine Mutter.

Und allein dafür hat es sich gelohnt.

Psychoanalyse

Sara

In der Sagrada Familia in Barcelona hatte ich einmal eine Panikattacke. Ich weiß nicht, ob das der richtige medizinische Ausdruck ist. Als ich jedenfalls diese Wendeltreppe wieder runtergehen musste, waren meine Beine plötzlich wie gelähmt. Und dann blieb mir auch noch die Luft weg.

Hinter mir lief eine argentinische Psychoanalytikerin. Wie im Kino, wenn im Film immer ein Psychoanalytiker als Retter auftaucht.

»Aaatme, meine Liebe, du musst aaatmen. Denk an was Beruhigendes. Das dich zum Lächeln bringt. Beruhige dich.«

Diese Frau mit dem lockigen Haar und einer Brille mit Metallfassung legte mir die Hand auf die Schultern und sprach hypnotisierende Worte: »Aaatme. Aaaatme, meine Liebe. Ganz entspaaaaant.«

Wir sollten alle stets einen Psychoanalytiker hinter uns haben, ob nun einen aus Argentinien oder sonst woher. Es gibt Situationen im Leben, denen man sich nicht allein stellen kann. Eine Wendeltreppe. Eine Hochzeit.

In jener Nacht träumte ich, ich würde diese Wendeltreppe hinuntersteigen. Und die Stimme, die ich hinter mir hörte, wäre die von Rubén.

»Ruhig, Sara. Ich bin ja da.«

Aber wenn ich mich umdrehte, war da niemand. Nichts als Gestein, bis hinauf ins Unendliche.

Ich bin schreiend aufgewacht.

Und wenn es stimmt? Und wenn Rubén sagt, dass er mich liebt, das aber nicht genügt? Und wenn er es irgendwann satthat, immer mein Sprungkissen zu sein und mich im freien Fall zu begleiten?

Ich bin unverbesserlich, Bruno. Das Einzige, was ich will, ist rausgehen. Mir zwei, vier oder sechs Schachteln Alprazolam besorgen.

Ich will in diesem Leben, das ein beständiger Albtraum ist, nur schlafen. Schon wieder.

Also gut. Du hattest recht.

Es war kein Versehen.

Was ich dir nie gesagt habe,
du aber wissen solltest

Viviana

Es gibt so viel, das ich dir nie gesagt habe, Papa.

Dass Mama die Liebe, die du ihr immer gegeben hast, nicht verdient hat.

Dass Onkel Paco mich vergewaltigt hat, als ich sechzehn war.

Dass ich deine Schulden bei Onkel Paco bezahlt habe.

Dass ich sie immer noch abbezahle.

Dass ich jeden Euro, den ich verdiene, dazu verwende, diesen Schweinehund zu bezahlen. Tatsache, Papa! Hast du dich nie gefragt, warum dieser Mann, der dir nicht einmal das Geld für ein Fahrrad leihen wollte, dir diesen Batzen Geld gegeben hat, um die Eisenwarenhandlung und unser Haus zu retten? Ist dir das nicht seltsam vorgekommen? Er hat noch nie etwas ohne Hintergedanken gemacht.

Er hat mir gedroht, dich einfach im Regen stehen zu lassen. Dich aus dem Haus zu werfen und das Geschäft zu behalten, wenn ich nicht mit ihm ins Bett gehe. Wie konntest du dich nur so verschulden, Papa?

Hätte ich ihm doch nur das Messer in den Bauch gerammt, als ich achtzehn war.

Sein Fehler war, dass er sich eingebildet hat, ich würde darauf eingehen, würde nicht nach einer anderen Lösung suchen. Nein. Ich bin nicht mit ihm ins Bett gegangen, dafür habe ich mit allen anderen geschlafen. Ich würde eher mit dem Teufel ins Bett steigen, ehe ich es zulassen würde, dass er noch einmal Hand an mich legt. Und so bin ich diejenige, die das Altenpflegeheim bezahlt, in dem Mama mit ihrem verschwörerischen Schweigen lebt. Und du hast nie erfahren, dass deine Schulden nicht mit einem Lotteriegewinn beglichen wurden. Sondern mit einem Darlehen, das ich mit dem Leiter der Sparkassenfiliale von Marín ausgehandelt habe. Wie, das werde ich dir nicht erzählen.

Und trotz alledem bin ich glücklich. Ich muss mir das immer wieder vor Augen halten, Papa. Ich muss einen Sinn finden in dem, was ich tue. Ich muss mich in meiner Umgebung nach einem Lichtblick umsehen.

Ich bin glücklich.

Mit Roscof.

Mit den Irinas.

Mit Paulina, der aus dem Haus 8C.

Mit diesem acht Sekunden langen Video, das ich mir von der Website des RTVE[3] runtergeladen habe.

---

3 Spanischer Fernsehsender

Diego, Kater Milan und ein Eistee auf der Plaza de la Herrería

Marina

Ich ertrage den Kater Milan nicht.

Den lieben langen Tag liegt er mit verlorenem Blick auf dem Sofa herum und rührt sein Futter nicht an. Er hat eine unglaubliche Ähnlichkeit mit mir vor einem Monat. Ich bekomme fast schon Lust, ihm eine Lasagne in der Mikrowelle warmzumachen, aber da ich zurzeit ganz auf der Linie »frei von« bin, gibt es in meinem Haushalt nur Äpfel, Putenbrust (im Gadis gekauft) und Vollkornzwieback. Die Sache lief relativ gut, jedenfalls bis heute. Den Weg zum Katzenklo hatte er schon gelernt. Und vor zwei Tagen mit dem Kotzen aufgehört. Aber gestern, als es Abend wurde, begann er, ein klagendes Miauen auszustoßen, das mich fast wahnsinnig gemacht hat. Er hat nicht wieder damit aufgehört. Zwölf Stunden lang. Ich habe kein Auge zubekommen. Ich habe sogar mit dem Handy eine Tonaufnahme gemacht und sie Rodrigo geschickt. Das war gemein. Ich wusste, dass ich ihn damit in seinen Flitterwochen störe. Ich habe es trotzdem gemacht. Weil das eigentlich unsere Reise war, deine und meine. Griechenland war unser Land, Jorge. Und jetzt ist es Rodrigo, der durch die Straßen von Naxos spaziert, an der Hand von Ramón, dem Superbullen der Nationalpolizei, während ich die Kotze von diesem dummen Kater wegwische, der den Namen einer Radiergummimarke trägt.

Rodrigo hat mir nicht einmal geantwortet. Er hat mir nur die Kontaktdaten seines Tierarztes geschickt. Ich weiß nicht, was er aus diesem Miauen herausgehört hat, aber vorsichtshalber habe ich in der Praxis angerufen und mir einen Termin geben lassen.

Und so habe ich, als ich von der Kanzlei kam, Milan zum Tierarzt gebracht. Und dort habe ich dann alles erzählt. Dass Milan traurig ist, weil er sich nach seinem Herrchen sehnt. Dass er nur noch mit verlorenem Blick auf dem Sofa herumliegt. Dass er sein neues Leben hasst. Dass sein Herrchen ihm fehlt. Rodrigos Hand, die ihm wie beiläufig durchs Fell streicht. Die geteilten Mahlzeiten. Der Klang seiner Stimme.

»So ist das mit Milan«, sagte ich.

Und der Tierarzt hat genickt. Hat mir eine Kleenex-Schachtel hingehalten. Milan abgehorcht. Und mir gesagt, ich sollte ihm ein bisschen was anderes zum Fressen geben.

Er hat mir auch gesagt, dass er Diego heißt. Und ein Freund von Rodrigos Schwester ist. Dass Milan nichts hätte, was die Zeit nicht heilen würde. »Heimweh«, hat er gesagt. Und dass er in einer halben Stunde fertig wäre. Dass wir einen Kaffee miteinander trinken könnten, wenn ich auf ihn warten würde.

Ich hab gesagt, das würd ich machen.

Dann aber Tee bestellt.

Von Einsamkeitsgefühlen, Haustieren und Frauen, die nicht schlafen können

Carmela

Ich kann immer noch nicht schlafen.

Und ich bin nicht die Einzige. Ich glaube, meine Nachbarin kann auch nicht schlafen. Und das ist nicht verwunderlich. Sie hat jetzt eine Katze. Schon seit Tagen höre ich sie. Aber mit der stimmt was nicht.

Der guten Frau muss es echt schlecht gehen. Ich erinnere mich, wie wir bei der Mieterversammlung abgestimmt haben, ob wir Haustiere halten dürfen oder nicht. Sie hat mit Nein gestimmt, ganz entschieden. Und hat sich sehr geärgert, als das Ja gewann. Ich sehe sie noch vor mir, wie sie wie eine Verrückte ein Gesetz vorlas, das sie in einem Ordner bei sich trug. Ich finde ja, sie müsste das auswendig können, wo sie doch Anwältin ist, oder nicht?

Sie hat nicht lockergelassen.

Und jetzt das.

Klar, das war, bevor sie allein war. Und jetzt ist sie allein. Den Mann sieht man überhaupt nicht mehr. Ich weiß schon, du denkst jetzt, was mischst du dich da ein, das geht dich nichts an. Aber das hat mir Chus erzählt. Und Chus weiß immer alles. Die Nachbarin tut mir leid. Sie ist eine so nette Frau. Ein bisschen ernst vielleicht. Aber sehr wohlerzogen. Gebildet. Und überhaupt nicht hochnäsig. Es ist eine Schande. Heute heiratet man einfach so. Und beim geringsten Problem trennt man sich. Wenigstens hat sie keine Kinder. Hätte sie Kinder, hätten sie wahrscheinlich ein bisschen länger durchgehalten. Vielleicht können sie keine kriegen. Das wird's wohl sein. Dass es nicht geht. Die Arme.

Aber hier ist was ganz seltsam. Das mit der Katze. Das mit der Katze will mir nicht in den Kopf.

Ich würde am liebsten bei ihr klingeln. Und sie trösten. Ihr sagen: »Ich weiß schon, dass dein Mann dich verlassen hat. Wir alle wissen das. Vom Zwischengeschoss bis unters Dach.« Und danach könnte ich ihr sagen, dass es nicht so schlimm ist.

Schlimm ist, wenn man Metastasen in der Lunge und in den Knochen hat.

Schlimm ist, wenn du deinen Sohn nicht mehr wiedersiehst. Das ist wirklich schlimm.

Und ich war schon bei ihr, mein Schatz. Ich stand schon vor ihrer Tür. Wollte schon klingeln. Aber dann hab ich kehrtgemacht. Morgen spreche ich sie an. Erzähl ihr irgendwas. Dass ich sterben werde. Dass sie mir ein Testament aufsetzen soll. Dass ich auf ihre Katze aufpasse. Dass ich mir gewünscht hätte, Caride hätte mich verlassen.

Home sweet home

Sara

»Warum willst du heiraten?«, fragst du mich in jeder E-Mail.
Warum nicht?

Ich denke, eine Hochzeit ist einfach eine Möglichkeit
unter vielen.

Ich will noch einmal deine Theorie aus der E-Mail von
gestern unter die Lupe nehmen.

Du behauptest, entgegen meiner eigenen Überzeugung
wäre ich nicht in Rubén verliebt. Und dass ich in meinem
tiefsten Inneren nur versuchen würde, mein Familienmodell
zu wiederholen. Ganz konkret schreibst du, und das lese ich
dir jetzt laut vor, damit du siehst, wie irrational das klingt: »Du
lehnst zwar das Lebensmodell deiner Eltern ab und stellst das
Familienmodell und die Erziehung, die du genossen hast, in
Frage, wirst mir aber bestimmt zustimmen, Sara, dass deine
Hochzeit mit Rubén den klaren Wunsch zu erkennen gibt,
das Muster deiner Familie im kleinen Maßstab zu wiederholen. Rubén ist geradezu die perfekte Kopie deines Vaters. Abschluss in Wirtschaftswissenschaften und eine erfolgverspre-
chende Zukunft in einer Investmentfirma. Ihr werdet euch in
einem Vorort eine Villa kaufen, die der deiner Familie ähnelt.
Du wirst ganz klar das Ideal kopieren, welches das Leben deiner Eltern im Unterbewusstsein für dich verkörpert. Auch
wenn dein Bewusstsein das konstant negiert …«

Mensch, Bruno, was für ein genialer Schachzug!

Ich fang mal beim Ende an.

Ich will überhaupt nichts nachmachen. Das Leben meiner Eltern ist die Hölle. Sie stehen kurz vor der Scheidung. Im Grunde läuft das Verfahren schon. Sie reden kaum noch miteinander, und wenn, dann nur um zu streiten. Die Scheidung wird nach der Hochzeit durchgezogen. Die Leute sollen ja nicht reden. Ihre größte Sorge – denn für meine Beaufsichtigung ist ja schon gesorgt – gilt der Verteilung der Güter. Mama möchte unbedingt das Haus in Sanxenxo und die Wohnung in Santiago. Papa überlässt ihr nur die Wohnung. Ich nehme an, der Kampf um das Haus am Strand wird blutig enden. Papa will nicht, dass sie den Porsche Cayenne bekommt. Sie beharrt darauf, er sei ein Geburtstagsgeschenk gewesen.

Das sind die einzigen Gespräche, die man in diesem Haushalt zu hören bekommt, der ja angeblich das Modell ist, das ich wiederholen möchte.

Aber eines gibt es noch, das ich wirklich unfassbar finde.

Dass dir beim gegenwärtigen Stand und nach all unseren Gesprächen eines noch nicht klar ist, woran es aber gar keinen Zweifel gibt: Ich bin in Rubén verliebt.

Regenschirme

Viviana

Ich stelle gern statistische Betrachtungen an. Acht von zehn Kunden sind verheiratet. Zwei von zehn Kunden sind außerstande, zum Höhepunkt zu kommen. Die Hälfte der Irinas wird ihre Familie niemals wiedersehen. Neun von zehn Kunden lassen ihren Regenschirm im Xanadú stehen.

Jetzt sag bloß nicht, das wäre nicht seltsam, Papa. Selbst wenn es regnet, machen sie nicht noch einmal kehrt, um den Schirm zu holen. Das sagt viel über sie aus. Sie kommen ganz euphorisch hier an, wie ein Rennradfahrer, der die Fahrt auf einen Berggipfel in Angriff nimmt. Und sobald sie auf dem Gipfel angekommen sind, düsen sie auch schon wieder hinunter wie eine vom Teufel verfolgte Seele. Ohne sich noch einmal umzudrehen. Bis sie nach einer Weile wieder zurückkommen.

Und sie kommen immer zurück.

Jedenfalls gibt es einen Haufen Regenschirme im Haus. Roscof erträgt den Anblick der vielen Regenschirme im Eingang des Xanadú nicht und schenkt sie einfach weiter.

Schwarze und graue Regenschirme. Die meisten sind unifarben oder haben kleine geometrische Muster. Von maskuliner Schlichtheit.

Deshalb weiß ich gar nicht, wieso ich heute, wo es so heftig geregnet hat, ohne Schirm auf die Straße gegangen bin.

Zumal in den Fernsehnachrichten ein großes Sommergewitter angekündigt wurde. Aber egal. Ich hab's vergessen. Ich weiß nicht, wo mir der Kopf steht, Papa.

Dabei ist nichts passiert.

Stimmt nicht, alles ist passiert.

Ich bin klatschnass geworden. Ich habe mich richtig vollgesogen. Bin durch Pfützen gestapft und habe vor Kälte gezittert. Aber ich habe nicht kehrtgemacht. Bin zwischen Dutzenden von Schirmen in allen Regenbogenfarben herumgelaufen. Dann hab ich die Straße verlassen. Bin in den Retiro-Park gegangen und losgerannt. Bin gerannt wie damals als kleines Mädchen. Als ich mit Inés um die Wette lief. Wie Manuel und ich nach dem Kino, bei unserem ersten Treffen. An dem Tag, an dem er mich zum ersten Mal geküsst hat.

Und ich habe vor Freude geweint, Papa, weil das Wasser mich ganz tief berührt hat und mich daran erinnerte, dass ich lebe.

Weil ich mich sauber fühle.

Reingewaschen.

Ich glaube, ich habe mich erkältet.

Roscof wird mich umbringen.

Schuld und Sardinen

Marina

Hallo, Jorge!

Ich glaube, du hörst dir doch meine Nachrichten an. Vielleicht auch nicht. Vielleicht hat mich jemand mit dem Tierarzt auf der Plaza de la Herrería gesehen, als ich einen Tee trank, der eigentlich ein Kaffee sein sollte. Aber ich kann keinen Kaffee mehr trinken. Kaffee erinnert mich zu sehr an dich.

Das ist die einzige Erklärung dafür, dass du mich gestern um zwölf Uhr in der Nacht angerufen hast. Ich hab das Telefon natürlich nicht gehört. Ich schlafe mit Ohropax, weil ich das ständige Gejaule dieses dummen Katers nicht aushalte.

Und als ich aufgewacht bin, war da diese Nachricht und blinzelte mir zu. Verpasster Anruf von »IN Jorge«.

Ich muss mal den Eintrag ändern, unter dem ich dich in meinem Handy gespeichert habe. Du bist nicht mehr mein »IN«. Unter »IN« steht der Mensch, der benachrichtigt werden soll, wenn einem etwas passiert. Deine Bezugsperson. Dieser Mensch bist du nicht mehr. Das ist das Problem. Dass ich keine solchen Menschen habe. Ich habe einen Kanzleipartner, der mit seinem Freund auf Reisen ist. Ich habe einen Haufen Freundinnen, mit denen ich nur über WhatsApp kommuniziere. Ich habe einen dummen Kater mit Heimweh.

Und jetzt habe ich es geändert. Jetzt bist du nur noch »Jorge«. Und mir ist bewusst geworden, dass ich nie »IN Marini« gewesen bin. Ich war nur »Marini«. Vielleicht wärest du, wenn ich dein imaginäres Kind bekommen hätte, deins, nicht unseres, geneigt gewesen, meinen Namen mit einem IN davor abzuspeichern.

Aber nein. Das wollte ich nie. Ich habe dich nicht angelogen. So ein Kind wollte ich nie. Ich wollte genau das, was ich immer hatte. Eine Maisonette-Wohnung in Pontevedra. Eine Kanzlei mit Rodrigo. Eine Griechenlandreise mit dir. Und weitere tausend Reisen. Ich habe dich nicht einmal angelogen, als ich mit Quique geschlafen habe. Es ist passiert, und ich hab es dir erzählt. Denn ich wusste, wenn ich es nicht täte, würdest du es auch so erfahren. Weil ich dir immer alles erzählt habe. Weil du mein Lebensmensch warst. Mein »IN«. Und jetzt denke ich die ganze Zeit, wenn ich es dir nicht gesagt hätte, wärest du noch hier bei mir. Und ich würde mich nicht schuldig fühlen, nur weil ich mit einem anderen Mann einen Eistee getrunken habe.

Ich fühle mich aber schuldig.

Nicht weil Diego mir gefallen hätte, überhaupt nicht. Sondern weil ich zwei Stunden lang nicht an dich gedacht habe. Nicht eine Sekunde. Nicht einen klitzekleinen Moment lang. Ich habe zwei Stunden mit einem Mann geredet. Und gelacht. Viel gelacht. Und gleich darauf hast du angerufen. Ich glaube, du bist wie der Kater Milan, der nicht schlafen kann und deshalb auch niemand anderen schlafen lässt. Vielleicht war es auch Zufall. Vielleicht wolltest du nur wissen, wie es mit unserer zivilisierten Scheidung vorangeht.

Weißt du was? Ich werde dich nicht anrufen. Also, ich werde dich nicht zu einer Uhrzeit anrufen, zu der du ans Handy gehen kannst. Ab sofort rufe ich dich immer so an wie jetzt. Wenn du in der Zumba- oder Cardio-Stunde bist. Und ich denke gar nicht dran, ans Telefon zu gehen. Hinterlass mir eine Nachricht auf der Mailbox, so mache ich es ja auch. Oder komm mich in der Kanzlei besuchen.

Und du brauchst dir nicht einzubilden, dass gegen diesen ganzen Quatsch, unter dem ich leide, kein Kraut gewachsen ist. Sogar ein Kater lernt zu vergessen. Heute hat Carmela, die Nachbarin von gegenüber, bei mir geklingelt und mir zwei Sardinen gebracht. (»Ach, mein Schätzchen, dieser Kater, der hat einfach Hunger! Ein Kater, der mag kein Fertigfutter fressen wie ein Huhn!«) Und seit zwei Stunden ist Milan still. Es scheint doch kein Heimweh gewesen zu sein.

Es war Hunger.

Vielleicht ist es bei mir ja dasselbe. Das werde ich morgen testen.

Diego hat mich zum Abendessen eingeladen.

Geständnisse

Carmela

Hallo, mein Schatz!

Heute bin ich in die Kirche gegangen. Ich muss Frieden schließen. Nicht mit Gott. Sondern mit mir. Ich bin dauernd wütend. Ich habe eine Stunde lang gebeichtet. Ich hab alles gebeichtet, wirklich alles. Der Pfarrer hat mich nicht verstanden. Als ich ihm gesagt habe, dass ich bald sterbe, fiel ihm die Kinnlade herunter. Siehst du? Das ist der Grund, warum ich es nicht allen Leuten erzählen kann, dass ich sterbe. Ich ertrag es nicht, anderen wehzutun. Und dann fing er mit seinem Sermon vom anderen Leben an. Und wie hätte ich ihm sagen sollen, dass es mir nur auf dieses Leben hier ankommt? Das Leben, das ich zurücklassen muss.

Manchmal denke ich, dass ich nicht viel aus meinem Leben gemacht habe. Ich war nur die Frau von Caride. Und deine Mutter. Und wenn ich sterbe, wird nach einiger Zeit (einem Weilchen, wie mein Arzt sagt) nichts mehr von mir übrig sein. Aus meinem Leben wird nichts die Zeit überdauern. Weil ich nie etwas Besonderes gemacht habe, ich habe nur gelebt und das Leben vorbeiziehen lassen. Und schon war es zu Ende.

Was habe ich dem Pfarrer noch gebeichtet? Dass ich Caride nie geliebt habe. Dass ich mich dazu zwingen musste. Und das stimmt, mein Schatz. Es ist hart, dir das zu sagen.

Schließlich war er dein Vater. Aber ich wusste nicht, wie das geht, das mit der Liebe. Ich wollte ja lieben. Aber dein Vater hat nur sich selbst geliebt. Mehr als irgendwen sonst. Was gab es am Sonntag zu essen? Das, was er wollte. Was haben wir uns im Fernsehen angeschaut? Das, was er wollte. Welchen Namen haben wir dir gegeben? Den, den er wollte. Mir hätte Alejandro gefallen, Alejandro wie mein Vater. Aber nein. Es wurde Manuel.

Also, ich habe ihn nicht geliebt. Nein. Ich habe ihn geheiratet, weil er das so wollte. Aber das ist auch schon alles, was er erreicht hat. Das, und dass ich Kaninchen nicht mehr ausstehen kann. Jeden Sonntag Kaninchenragout. Ich habe nie wieder Kaninchen gegessen.

Das alles habe ich dem Pfarrer erzählt. Es dir zu erzählen tut mir mehr weh. Deshalb bin ich jetzt hier und bete den Rosenkranz. Das ist dann wohl meine Buße. Als wäre dieser Krebs nicht schon genug.

Küsse ohne Joints

Sara

Du verträgst ja überhaupt keinen Alkohol, Bruno.

Ich glaube allmählich, dass diese Therapie mich zwar nicht heilen wird (falls es da überhaupt etwas zu heilen gibt), aber dich wird sie verrückt machen.

Verrückt. Verrückt nach mir, hast du mir gestern gesagt, als du bei mir zu Hause verbeikamst. Betrunken. Ich war im Garten, wollte gerade joggen gehen. Habe überlegt, ob es nicht schon zu spät wäre, es wurde schon dunkel, und man konnte kaum etwas sehen.

Ich weiß nicht mal, wie du reingekommen bist. Durch die Gartentür hinterm Haus, nehme ich an. Die hat noch nie gut geschlossen.

Wie bist du reingekommen? Erzählst du mir das morgen in deiner Mail? Vielleicht ist die Frage nicht ganz angemessen. Vielleicht sollte ich besser fragen: Wird es morgen überhaupt eine E-Mail geben?

Falls du dich an nichts mehr erinnerst oder gerade denkst, das wäre alles nur ein Traum gewesen, so kann ich dir versichern, dass alles genau so passiert ist. Du bist gestern in meinen Garten gekommen (wie, muss noch geklärt werden) und direkt auf mich zugegangen. Du hast mich geküsst. Als wäre Silvester. Oder das Ende der Welt gekommen.

Du hast mich geküsst, wir haben uns geküsst, ich habe

dich geküsst, habe mich küssen lassen. Du hast dich von mir küssen lassen. Küsse, Lippen, Speichel. Alles eins. Über fünf Minuten lang war unsere Existenz darauf beschränkt.

Dich zu küssen ist wunderbar. Ich hatte fast schon vergessen, was man bei dieser einfachen Tätigkeit so alles empfindet. Küssen. Sonst nichts. Ohne die Erwartung von Sex, ohne etwas anderes zu wollen, als die Lippen aufeinanderzupressen. Ohne sich nach mehr zu sehnen als nach einem fremden Mund auf dem eigenen.

»Ich liebe dich«, hast du gesagt, und ich bin auf die Straße gelaufen, denn obwohl es schon dunkel war und man kaum mehr was sehen konnte, hatte ich plötzlich Lust darauf.

Du liebst mich nicht, Bruno. Du warst betrunken. Und diese Therapie bringt dich durcheinander. Und das Wichtigste darfst du nicht vergessen. Dass ich Rubén liebe. Mal sehen, ob du mir auch zuhörst. Wie gut, dass mein Vater dich bezahlt, damit du das tust.

Galicier

Viviana

Es heißt: Egal, an welchem Ende des Planeten du bist, du wirst immer einem Galicier begegnen.

Gestern habe ich einen im Xanadú getroffen. Einen Kerl um die vierzig, der mit seiner Firma hier war, um ein Geschäft abzuschließen. Die Firma war aus China, und er hat mir gesagt, er lebe in Peking, aber ich habe sofort seinen galicischen Südwestküstenakzent herausgehört.

Er stammte aus Combarro. Und gleich kamen wir miteinander ins Gespräch. Das Heimweh kroch ihm schon aus den Augen. Auf dieser Reise blieb ihm keine Zeit, nach Galicien zu fahren.

»Und du, hast du kein Heimweh?«, fragte er mich.

Klar doch. Das Heimweh ist unser steter Begleiter, Papa. Nur ist es nicht so einfach, nach Galicien zurückzugehen. Ihm fällt es schwer, Abstand zu wahren. Ich dagegen versuche das erst gar nicht. Denn das Galicien, das wir hinter uns lassen, ist ein Galicien, das hätte sein sollen, so aber nicht war, eines, das niemals wurde. Wir vermissen ein anderes Leben.

Ich holte eine Flasche Kräuterschnaps aus dem Schrank, und wir stießen auf unsere Erinnerungen an. Auf die Getreidespeicher von Combarro, auf den Sonnenuntergang hinter dem Laden von Loira, auf das kalte Wasser des Flusses. Auf den Nieselregen, der einem bis ins Mark geht.

Als wir fertig waren, gab ich ihm sein Geld zurück. Der Anlass war es wert. Diese Runde habe ich ausgegeben.

Ich ließ mich von ihm küssen, während er seine Hände in die roten Locken meiner Perücke krallte.

Als ich nach Hause kam, buchte ich mir im Internet ein Flugticket.

Madrid – Vigo.

Noch mehr Sardinen

Marina

Lieber Jorge,
   ich glaube, ich sollte dir erzählen, was du wissen musst, wenn ich morgen sterbe. Zum Beispiel:

- Scheidungen sind niemals zivilisiert. Eine Ehe ist kein Vertrag. Das mit den Lebensetappen stimmt so nicht. Man ist nie auf den Übergang zur nächsten Etappe vorbereitet. Seit Jahren lüge ich meinen Klienten etwas vor.
- Ich weiß nicht, was da bei mir falsch gelaufen ist, aber ich will keine Kinder. Ich weiß, dass ich dir das schon tausendmal gesagt habe. Aber ich habe dir nie erzählt, warum ich diese Macke habe. Weil ich Angst hatte. Angst, ich könnte dich verlieren. Du könntest aufhören, mich zu lieben. Jemand anders könnte meinen Platz einnehmen. Ich hatte Angst, ich würde aufhören, ich selbst zu sein, und mich langsam in eine andere Person verwandeln und nur noch die Mutter eines Kindes sein. Und ich hatte Angst, du könntest nicht der Mann sein, in den ich mich verliebt habe. Der Mann, in den ich mich verliebt habe, hat meine Entscheidungen respektiert. Ich habe ein Kräftemessen mit dir veranstaltet. Und es verloren.
- Ich habe mit Quique geschlafen, weil er es wollte. Und ich auch. Du und ich, wir hatten zweiundvierzig Tage lang kei-

nen Sex mehr. Zweiundvierzig Tage, an denen du, wenn du ins Bett kamst, nach der *Sportlife* gegriffen und mich höflich ignoriert hast. Und dein Schweigen war wie ein Schrei: Wenn du keine Kinder willst, dann liebe ich dich nicht. Du hast ein Kräftemessen veranstaltet. Und es verloren.

- Ich war und bin nicht verliebt in Quique. Aber es hat mir gefallen, mit ihm zu schlafen. Mich geliebt zu fühlen. Wir haben es bei ihm zu Hause gemacht. Drei Mal hintereinander. Bis mir der Unterleib wehtat, während ich die Augen schloss und mir das Scheißcover der Maiausgabe von *Sportlife* vorstellte. Hoffentlich hörst du das jetzt. Und nimmst ab. Und kommst zurück. Und dann vögeln wir in unserem Schlafzimmer mit dem Anstrich in *Sunset gold*, bis wir nicht mehr können. Und wo wir uns jetzt schon mal die Wahrheit sagen, ich kann diese Farbe nicht ausstehen. Ich wollte ein Eisgrau, drei Abstufungen heller als das *New Yorker Grau* in meinem Zimmer.

- Der Sex mit Quique war das einzig Befriedigende an der ganzen Sache. Aber der Rest war es nicht wert. Die Schuldgefühle, die Reue, die zivilisierte Scheidung. Der Blick von Chus, der Nachbarin, die drei Monate, in denen ich nur Lasagne gegessen habe. Alles, was danach kam, war es nicht wert. Aber das Schlimmste war der Moment, als mir bewusst wurde, dass ich mich nicht geirrt habe. Du hast mich nie genug geliebt. In der Beziehung habe ich mein Kräftemessen mit dir veranstaltet. Und wir haben beide verloren.

Und jetzt wirst du mich fragen, warum ich dir das alles erzähle. Weil Carmela, die Nachbarin von gegenüber, zu mir gekommen ist und mir erzählt hat, dass sie sterben wird. Na ja, so direkt hat sie das nicht gesagt. Sie kam, um mich zu fragen, ob ich ihr beim Aufsetzen ihres Testamentes helfen könnte. Denn sie weiß, dass ich Anwältin bin. Und bei der Gelegenheit hat sie mir eben erzählt, dass sie bald sterben wird. Und dass ihr Sohn Manuel nichts davon weiß. Aber er wird es erfahren, wenn er aus der Sahara zurückkommt, denn sie hinterlässt ihm Nachrichten auf seinem Anrufbeantworter (du siehst, das scheint allgemein üblich zu sein). Sie hat mir auch gesagt, dass sie ihrer Schwester Dorinda gern die Finca neben ihrer eigenen hinterlassen würde. Dass sie heute Morgen auf dem Markt noch mehr Sardinen für Milan gekauft hat. Und ob es mir etwas ausmachen würde, wenn sie den Kater ein paar Tage zu sich nehmen könnte, weil sie sich in letzter Zeit ein wenig einsam fühlt. Das alles hat sie mir erzählt.

Ich würde sie so gern trösten. Ich kann ihr bloß den Kater Milan überlassen. Und ihr versprechen, dass ich sie zu einem befreundeten Anwalt begleiten werde, damit sie ihr Testament machen kann.

Sie weiß gar nicht, wie gut ich sie verstehe. Man kann sich nicht voneinander verabschieden, ohne sich die ganze Wahrheit gesagt zu haben.

Und sei es nur über die Mailbox oder einen Anrufbeantworter.

Gesellschaft

Carmela

Hallo, mein Schatz!

Ich bin nicht mehr allein. Ich habe jetzt eine Katze. Und eine Arbeit. Und jemanden, dem ich erzählen kann, was bei mir gerade so los ist. Und das alles ist innerhalb von nur achtundvierzig Stunden so gekommen.

Ich fange mal von vorn an. Bei der Arbeit.

Wie es aussieht, hat Pepe, der frühere Pfarrer (du weißt schon, der dann in den Missionsdienst gegangen ist) eine sehr gut organisierte Pfarrei zurückgelassen. Katechismus-Unterricht, Erwachsenen-Bildung, Gitarrenkurse und die Tafel.

Also habe ich mir gedacht, ein halbes Dutzend Rosenkränze wäre für den neuen Pfarrer Buße genug, und dass ich vor dem Sterben noch gut mithelfen könnte. Und bin gleich zur Kirche gegangen und habe mich als Freiwillige eintragen lassen. Für egal was. Wo immer man jemanden brauchen kann. Kochen. Putzen. Tische aufstellen. Weil ich doch so gut koche, wobei es nicht recht ist, dass ich das selbst so sage. Ich kann gleich morgen anfangen. Und vor lauter Aufregung tun mir fast ein wenig die Knöchel weh, die machen mir in letzter Zeit ganz schön zu schaffen.

Außerdem habe ich bei Marina vorbeigeschaut. Die Arme! Ihr Mann hat sie verlassen.

Sie hat einen Kater.

Sie kann ihn nicht mal anschauen.

Es geht ihr viel schlechter als mir.

Und da hab ich sie dann getröstet. Hab ihr meine ganze Geschichte erzählt. Alles. Das mit dem Krebs. Das mit den drei Monaten. Oh je! Ich merke gerade, dass ich dir das mit den drei Monaten noch gar nicht erzählt habe. Na ja, ich hab halt Carracedo darum gebeten, mir zu sagen, wie viel Zeit mir noch bleibt. Er hat endlos um den heißen Brei herumgeredet, bis ich ihm ins Wort gefallen bin und ihm gesagt habe: »Jetzt hören Sie mal zu, haben Sie ein wenig Respekt vor meinen weißen Haaren, hören Sie auf mit dem Unsinn und sagen Sie mir die Wahrheit, ich habe noch viele Dinge zu regeln.«

Und dann musste der Arme es mir sagen: noch drei Monate. Mehr oder weniger.

Ich werde die Weinlese also noch miterleben.

Und das mit den drei Monaten habe ich dann auch Marina erzählt. Vor allem, damit sie sieht, dass es für ihr Problem eine Lösung gibt. Für meins nicht.

Ich habe ihr auch das mit dem Anrufbeantworter erzählt. Und sie hat mir gesagt, sie könne mich verstehen. Sicher spricht sie auch mit ihrem Mann. Oder mit dem Sorgentelefon. Ich weiß nicht mal, ob es so was gibt.

Es war ein sehr schöner Nachmittag. Wir haben in ihrer Küche ein bisschen was gegessen. Und weißt du, was? Ich glaube, sie hat mich bemitleidet, und gleichzeitig hab ich mich wohlgefühlt bei ihr. Sie hat mich verstanden. Sie hat mein Bedürfnis verstanden, alles zu erzählen. Wir haben ein bisschen über alles geredet. Über das Leben. Über den Tod. Über das, was Caride mir angetan hat. Über Vicente. Über mein Testament. Wir haben auch über Chus gesprochen, die aus dem vierten Stock. Jetzt muss ich gleich wieder zur Beichte gehen!

Und plötzlich hatte ich eine Idee. Vielleicht war das der Heilige Geist. Ich habe sie gefragt, ob ich den Kater haben könnte. Weil ich mir so sicher war, dass sie ihn nicht ausstehen kann, und mir so sehr ein Wesen fehlt, um das ich mich kümmern kann.

Und so bin ich jetzt glücklich. Ich habe eine Freundin. Ich habe immer noch Krebs. Aber heute ist mir das egal.

Ich umarme dich, mein Schatz. Und zieh dich warm an, denn ich bin mir sicher, die Nächte bei euch sind ziemlich kühl.

Pontevedra ist schließlich nicht New York

Sara

Tu mir das nicht an, Bruno. Lass mich nicht im Stich.

Ich warte immer noch auf deine E-Mail. Es ist jetzt eine Woche vergangen.

Das ist ein Ultimatum.

Wenn du mir nicht antwortest, erzähl ich alles meinem Vater.

Und Rubén.

Und dem Psychologenverband.

Und deiner Freundin.

Hast du etwa gedacht, ich wüsste nichts von deiner Freundin? Na klar weiß ich Bescheid.

Denk dran, Bruno, wir sind hier in Pontevedra.

Schreib jetzt gefälligst diese blöde E-Mail.

Mach deine Arbeit.

Abigaíl

Viviana

Da ich Statistiken so liebe, mache ich mir, sobald ein Kunde zur Tür hereinkommt, einen Spaß daraus, auf den ersten Blick zu erraten, ob er den Reizen der Lateinamerikanerinnen erliegen wird oder, ganz im Gegenteil, nach der blassen Zerbrechlichkeit der Irinas sucht.

Die aus dem Osten sind die Gewinner. Etwa im Verhältnis sechs zu vier. Laut Abigaíl liegt das daran, dass die spanischen Männer die Kurven ihrer Frauen satthaben.

Abigaíl ist eine Frau von Kopf bis Fuß, außer in dem Bereich zwischen ihrem Nabel und dem Beginn ihrer außergewöhnlichen Beine. Wenn man sie so anschaut, hat man den Eindruck, sie dünste aus allen Poren Sex aus. »Mein Schätzchen, ich bin für die Liiiiiiiiiiebe geboooooooooren.« Immer zieht sie die letzten Vokale im Satz in die Länge. »Hallo, mein Schätzchen. Abigaíl lutscht ihn dir so guuuuuuuut.«

Sie sagt, Nutte zu sein, das sei ihre Berufung. Sie ist die Einzige im Xanadú, die es aus Lust an der Freude macht. Weil es ihr so gefällt. Die Einzige, die selbst wenn sie einen Sechser im Lotto hätte, jeden Abend zur Arbeit kommen würde. Abigaíl erfüllt grundsätzlich alle Erwartungen. Darum allein scheint es im Leben zu gehen: dass man die Erwartungen erfüllt.

Nachdem ich die Unizulassung in der Tasche hatte, wollte

ich in Santiago Betriebswirtschaft studieren, und am Ende habe ich in Marín eine Berufsausbildung gemacht, um in der Hauptstadt in einem Bordell zu arbeiten.

Abigaíl hat davon geträumt, aus Kuba fortzugehen, einen Busen zu bekommen und mit allen Männern zu schlafen, die sie kriegen könnte, bis ihr Körper nicht mehr mitmachen würde. Und genau das tut sie jetzt.

Deshalb hat sie mehr Glück gehabt als ich.

Eine Frage der Erwartungen.

Wir können uns wieder und wieder über unsere Freiheit als Frau auslassen, Papa. Darüber, dass wir im Besitz dieser Freiheit sind. Dass wir tun, was wir wirklich wollen. Mit wem wir wollen. Aber das stimmt nicht, eigentlich wollen wir es gar nicht. Man schreibt nicht *Nutte* auf das Antragsformular für eine Kreditkarte. Das wird wohl seine Gründe haben.

Denn ich weiß, wenn ich Abigaíl frage, ob sie hier glücklich ist, dann sagt sie nicht die Wahrheit. Sie antwortet mit einem schlichten »Ja«.

Und ich glaube, bei diesem schlichten Ja fehlen noch viele Vokale.

Anrufe um Mitternacht

Marina

Okay, ich hab's verstanden. Das ist deine persönliche Rache. Mich auf dem Handy anzurufen, wenn du weißt, dass ich schlafe, und mir dann etwas draufzusprechen. Und wage bloß nicht zu behaupten, du hättest nicht gewusst, dass ich schlafe. Du dürftest geahnt haben, dass ich immer noch meine Medikamente nehme. Glaube ja nicht, wir hätten den perfekten Kommunikationskanal gefunden. Wir sollten uns das alles ins Gesicht sagen können. Nur Nutte nicht, so wie gestern. Nicht einfach so. Du hast gesagt, ich hätte mich verhalten wie eine Nutte. Du hättest nicht gedacht, dass die zukünftige Mutter deiner Kinder mit dem Erstbesten, der ihr auf den Busen starrt, ins Bett gehen würde. Ich hätte dir zwar immer gesagt, dass ich keine Kinder wollte, aber das sei eine pseudo-intellektuelle Pose gewesen. Alle Frauen wollten Kinder haben. Wozu sonst würde man arbeiten, wenn nicht, um eine Familie zu gründen. Du würdest nicht mit einer Frau verheiratet sein wollen, die imstande ist, sich drei Wochen lang von aufgewärmter Lasagne zu ernähren.

Scheiße.

Ich höre mir diese Aufzeichnung an und erkenne dich nicht wieder. Schlimmer noch, je öfter ich mir das anhöre, desto größer wird meine Lust, diese scheiß zivilisierte einvernehmliche Scheidung zu unterschreiben.

Aber danach kam noch diese letzte Aufnahme. Die von fünf Uhr morgens. Die höre ich mir schon den ganzen Tag an.

»Du bist immer der wichtigste Mensch gewesen. Du bist immer die Frau gewesen, mit der ich am Nachmittag unter einem goldenen Himmel schlafen wollte. Ich mag deine kühle Art und dass du Grautöne so gernhast. Diese unbewusste Distanz, die du zu anderen aufbaust, und wegen der die Leute denken, du wärest eingebildet, dabei bist du nur schüchtern. Ich liebe dich. Ich liebe dich so sehr, dass ich nicht vergessen kann, dass du bei einem anderen gewesen bist. Ich glaube, das werde ich nie vergessen. Ich liebe dich, Marini.«

Und wenn du mich liebst, warum sagst du mir das dann nicht ins Gesicht? Warum hast du mich nicht aufgeweckt, als du am Morgen in diese Wohnung gekommen bist? Warum hast du mich nicht geküsst und dich neben mich gelegt? Warum hast du deine Schlüssel auf das Sideboard in der Diele gelegt? Diese Botschaft würde sogar der blöde Kater Milan verstehen.

Es ist schon nicht mehr dein Zuhause.

Freiheit

Carmela

.

Gestern habe ich mir mal wieder die Fotos angeschaut.

Ich habe viele Babyfotos von dir gefunden. So niedlich! Ich erinnere mich noch, wie sehr ich gespart habe, um diese Fotos von dir machen zu lassen. Du warst erst drei Monate alt. So ein Dickerchen. Was hat das für einen Spaß gemacht, dir in deine Pausbäckchen zu beißen! Du hast dich für diese Fotos immer geschämt. Ich weiß nicht, wieso wir uns für derartige Belanglosigkeiten schämen. Und die Dinge, die uns eigentlich die Schamesröte ins Gesicht treiben sollten, die vergessen wir. Die verscheuchen wir aus unseren Gedanken, als wären sie nie geschehen.

Das macht es einfacher.

Ich denke an deine Kindheit und erinnere mich nur an diese glücklichen Momente. Dieses Lächeln auf einem Foto. Den Rest habe ich vergessen. Ich erinnere mich nicht gern daran, dass es keine leichten Zeiten waren. Ich schwöre dir, ich habe vor langer Zeit aufgehört, über die anderen Erinnerungen zu sprechen. Und jetzt denke ich plötzlich, dass das nicht richtig war. Wenn ich mir meine Nachbarin so ansehe, dann werde ich ganz neidisch. Weil sie studiert hat. Weil sie niemandem Rechenschaft ablegen muss. Sie ist am Boden zerstört, sie hat eine Traurigkeit an sich, dass es einem in der Seele wehtut. Sie denkt, ohne ihren Mann wäre sie nichts.

Und dabei merkt sie nicht einmal, dass sie ihn gar nicht braucht.

Denn sie kann auch allein gut leben. Dieses Privileg habe ich nie genossen. In der letzten Zeit reden wir viel miteinander. Ich war sogar schon so dreist, ihr Ratschläge zu erteilen. Ich, die ich mich nie in das Leben der anderen eingemischt habe. Aber mir bleibt so wenig Zeit, Manuel. Und sie ist so jung! Sie sollte ihre Zeit nicht verplempern. Dieser Mann liebt sie nicht. Das habe ich ihr natürlich nicht so gesagt. Ich habe ihr andere Dinge gesagt. Dinge, die ich weiß, weil ich alt bin, und nicht, weil ich studiert habe. Zum Beispiel, dass man ohne die Liebe seines Lebens leben kann. Das Schwierige ist, mit jemandem zusammenzuleben, der nicht die Liebe deines Lebens ist. Was würde ich dafür geben, wenn ich frei wäre. So wie sie.

Frauen wie ich waren niemals frei, mein Sohn. Ich war nie so wie Marina. Glaubst du, ich hätte in meinem Leben sagen können, was ich denke? Glaubst du, Caride hätte mich nur einmal um Rat gefragt? Glaubst du etwa, Frauen wie ich hätten je davon geträumt, so zu sein wie Marina? Nein, mein Schatz, nein. Den Männern gehörte die Welt. Frauen wie ich haben nie Entscheidungen getroffen. Und wenn doch, dann die, welches Essen es zum Mittag gibt (außer am Sonntag) oder welche Farbe die Tapete im Wohnzimmer bekommen soll. Ich glaube, die einzige wichtige Entscheidung meines Lebens war, dass ich deinen Vater gezwungen habe, dich zum Studium nach Santiago zu schicken.

Ich konnte nie etwas entscheiden, Manuel. Ich wäre nie auf die Idee gekommen, außer Haus arbeiten zu gehen. Ich habe nie in einer Bar einen Kaffee getrunken. Ich bin überhaupt noch nie allein aus dem Haus gegangen, außer zum Markt. Ich hatte keine Freundinnen. Nur Bekannte. Deine

Tante Dorinda hat mir dieses Leben beschert. Ein Leben aus Dingen, die ich nur erduldet habe.

Deshalb: Wenn ich diese alten Fotos sehe, muss ich sofort denken, dass ich jetzt glücklicher bin. Ich entscheide, was ich tue. Ob ich nach Hause gehe oder ob ich rausgehe. Was ich esse. Ob ich im Esszimmer arbeite oder nicht. Ob ich auf einen Kaffee zu meiner Nachbarin gehe. Ich mache, wozu ich Lust habe. Komm mir bloß nicht mit nostalgischen Gefühlen!

Was das Sterben angeht, da kann man nichts machen.

Aber dieses Gefühl von Freiheit, das kann mir niemand mehr nehmen.

Mehr wollte ich dir gar nicht sagen, mein Sohn.

Therapeutische Freundschaft

Sara

Hallo, Bruno!

Heute werden wir die Rollen tauschen. Ich werde deine E-Mail analysieren, damit du die Dinge klarer siehst. Denn etwas ändert sich gerade. Ich glaube, derzeit bin ich diejenige, die besser beurteilen kann, was gerade passiert.

Als wir mit dieser Kombi-Therapie aus Anrufen und E-Mails begonnen haben, da haben wir uns beide getäuscht. Nicht ich hab dich getäuscht, und nicht du hast mich getäuscht. Wir haben uns beide getäuscht, jeder für sich.

Es stimmt nicht, dass es nur ein Versehen war. Das ist meine Lüge.

Es stimmt nicht, dass du dich in mich verliebt hast. Das ist deine Lüge.

Es ist nur einfach so, dass die eigentliche Realität keinem von uns beiden gefällt.

Ich steuere nur ungern direkt auf eine Ehe zu, von der niemand sicher weiß, dass sie nicht enden wird wie die meiner Eltern.

Du magst dir nur ungern eingestehen, dass du einfach eine Entschuldigung brauchst, um in deinem Leben etwas zu empfinden und damit deiner neuen Freundin zu entgehen.

Eins ist klar.

Ich bin in Rubén verliebt, aber ich will ihn nicht heiraten.

Ich glaube, dass du nicht verliebt bist. Auch nicht in deine Freundin, auch wenn ich mir sicher bin, dass sie das sehr wohl glaubt.

Letztlich kommt es nicht wirklich darauf an, wer wen liebt.

Worauf es wirklich ankommt, ist, dass ich zum ersten Mal seit langer Zeit die Dinge klarer sehe. Mein Geist und meine Seele verarbeiten alles, was mir passiert.

Und das habe ich dieser therapeutischen Freundschaft zu verdanken. Ich brauche dich, Bruno. Lass mich nicht im Stich.

Ich habe deine Mail von gestern gelöscht. Lass uns noch einmal von vorn anfangen. Als wäre nichts geschehen. Niemand weiß davon. Ich weiß, dass du der Meinung bist, ich sollte zu einem anderen Psychologen gehen, aber Tatsache ist, dass das hier funktioniert.

»Guten Tag. Sie sind verbunden mit der Praxis von Bruno Loureiro. Leider rufen Sie außerhalb unserer Praxisöffnungszeiten an. Diese sind von Montag bis Freitag von neun bis eins und von vier bis acht. Bitte hinterlassen Sie Ihren Namen und Ihre Telefonnummer. Wir rufen Sie gern zurück.«

Diese Worte sind so befreiend, Bruno! Gleich nach dem Signalton fange ich zu reden an. Wenn mir die Zeit nicht reicht, rufe ich noch einmal an.

Lass mich nicht im Stich, Bruno.

Ich brauche deine Hilfe.

Wir müssen uns der Realität gemeinsam stellen. Auch wenn es keine angenehme Realität ist.

Ich sehe alles ganz klar.

Du liebst mich nicht.

Gestern vor drei Monaten habe ich versucht, mich umzubringen.

Wüsten

Viviana

Weißt du was, Papa? Ich leide sehr unter den Dingen, die mir geschehen sind, aber noch mehr schmerzt mich das, was nicht geschehen ist, das Studium, das ich nicht absolviert habe, das Leben mit Manuel, das mir verwehrt war. Manchmal denke ich darüber nach, wie mein Leben sein könnte, wenn es nicht meins wäre. Wenn es das von Inés wäre. Wenn ich keine Perücken mehr tragen würde. Wenn ich eine Tochter hätte, deren Haar meinem eigenen gleicht, das ich jeden Tag verstecke.

Gestern stieg ein solches Mädchen in den Bus, Papa. Es trug genau die gleiche Frisur, wie Mama sie mir früher immer gemacht hat. Seitenscheitel, offenes Haar und eine Haarspange, die das Haar auf der linken Seite aus der Stirn hielt. Die gleiche hellbraune Mähne. Der gleiche honigfarbene Glanz an den Spitzen.

Sie dürfte so neun Jahre alt gewesen sein. Nur mit neun Jahren kann man so weinen wie dieses Mädchen im Bus. So voller Inbrunst. Mit einem wütenden Schmerz, der keinen Trost zulässt.

Vor den Füßen ein Schokoladeneis, fast ein ganzes.

Ich war gerührt, Papa. Dieser ehrliche Schmerz, dieses nicht vorgetäuschte Leid (und das sagt dir eine Expertin im Vortäuschen!), dieses echte Weinen. Kinder können ziemlich gut weinen. Das wissen wir Erwachsenen. Wir fressen alles in uns hinein. Schlucken alles hinunter. Bis wir platzen. Die Mutter dieses Mädchens, das meine Tochter hätte sein kön-nen, es aber nicht war, säuberte ihm die Hände mit einem Papiertaschentuch. Mit demselben Taschentuch wischte sie ihm die Schokolade vom Gesicht, wischte den Rotz und die Wut und das Eis in dieses Tuch und versuchte dann, die Reste vom Boden aufzuwischen.

»Das kommt davon, dass du so dumm bist«, sagte sie.

Genau wie meine Mutter.

»Das kommt davon, dass du eine Nutte bist«, hatte sie an jenem Nachmittag zu mir gesagt.

Ich stand von meinem Sitz auf und ging zu dem Mädchen. Ich gab ihr fünf Euro und holte mir mit einem Blick von der Mutter die Erlaubnis dazu. »Nimm, Mädchen, und wenn du ausgestiegen bist, kaufst du dir ein neues.«

Ich denke, ich wäre eine sehr gute Mutter gewesen, Papa. Besser als meine.

Das Mädchen wischte mit dem Handrücken unter der Nase entlang. Und dann hörte es auf zu weinen.

Wenn ich doch nur so weinen könnte. Aber das kann ich nicht. Ich habe dir ja schon gesagt, dass wir Erwachsenen nicht weinen. Ich schlucke immer noch und immer wieder alles hinunter. Bis ich diese riesige Leere in mir gefüllt habe.

Diese Wüste, die meine sterile Gebärmutter ist, dieser unfruchtbare Leib, in dem all die Kinder sind, die ich nicht geboren habe.

Dinge, von denen ich nie gedacht hätte, sie könnten geschehen

Marina

Ich habe das Türschloss ausgetauscht. Ich hoffe, du hörst diese Nachricht, Jorge. Und ich hoffe auch, dass du nicht noch einmal versuchst, dich nachts wie ein Einbrecher in die Wohnung zu schleichen.

Ich hätte nie gedacht, dass ich das tun würde.

Aber ich habe es getan.

Ich habe in der vergangenen Woche einen Haufen Dinge getan, von denen ich nie gedacht hätte, dass ich sie tun würde.

Zum Beispiel ein Testament aufzusetzen. Als ich Carmela zu ihrem Notar begleitete, hat mich das inspiriert, und ich beschloss, auch mein eigenes Testament zu machen. Das war nicht leicht. Ich bin allein. Ich habe kein Konzept mehr. Ich weiß nicht mehr, wer mein Lebensmensch ist.

Ich habe Rodrigo als Universalerben eingesetzt. Er hat es verdient. Dafür, dass er es während meines beruflichen Werdegangs von Anfang an mit mir ausgehalten hat. Dass er mich die ganzen Jahre ertragen hat. Auch wenn ich nicht seine Partnerin bin. Sein Partner ist dieser Ramón, der mit ihm auf seinem WhatsApp-Profil zu sehen ist. Und wenn ich sterbe, wird er nicht sehr viele Dinge bekommen. Nur Hälften. Eine halbe Maisonette-Wohnung. Einen halben Audi. Ein halbes enzyklopädisches Wörterbuch. Und diesen Haufen von Produkten, die ich in meiner dunklen Zeit geradezu zwanghaft bei dem TV-Shoppingsender eingekauft habe. Zwei anatomische Kissen. Einen Schlankheitsgürtel. Zehn Packungen Ananas-Schlankheitstee. Einen Bauchmuskeltrainer. Ein Maniküre-und-Pediküre-Set.

Ich hätte nie gedacht, dass ich in so kurzer Zeit jemanden so lieb gewinnen könnte wie Carmela. Und dass es mir mehr Spaß machen könnte, mit einer Fünfundsiebzigjährigen einen Kaffee zu trinken, als über WhatsApp mit meinen Freunden zu chatten.

Ich hätte nie gedacht, dass ich das Wort »zivilisiert« so sehr hassen könnte.

Ich hätte außerdem nie gedacht, dass ich ganz allein ein ganzes Zimmer streichen könnte. Aber so war es. Ich habe zwei Eimer hellgraue Farbe gekauft und das Schlafzimmer gestrichen. Ich müsste lügen, wollte ich behaupten, dass ich die goldene Farbe in unserem Schlafzimmer nicht vermissen würde. Das nun nicht mehr unser Schlafzimmer ist.

Ich hätte nie gedacht, dass es das einmal nicht mehr sein würde.

Ich hätte nie gedacht, dass je ein anderer Mann in diesem Bett schläft.

Testament

Carmela

Hallo, mein Schatz!

Heute bin ich mit Marina zu einem Notar gegangen, um mein Testament zu machen. Ich hatte erst gedacht, sie könnte mir da helfen, schließlich ist sie Anwältin … aber nix da. Da muss man zu einem Notar gehen. Caride hat nie ein Testament gemacht, weil er so abergläubisch war. Und was verstehe ich schon von geschäftlichen Dingen? Ich kann nur den Teig für Mais-Empanadas machen und für gefüllte Filloas. Um den Papierkram hat sich immer dein Vater gekümmert. Und als du volljährig warst, hast du das selbst gemacht.

Egal, wir sind da also hingegangen. Und plötzlich hat sie beschlossen, ebenfalls ihr Testament zu machen. Als bekämen wir dann Rabatt. Zwei zum Preis von einem.

Das mit dem Testament war ziemlicher Blödsinn. Ich wollte die Finca auf deine Tante Sinda überschreiben lassen. Weil ich mit ruhigem Gewissen sterben will. Weil ich sie ihr überlassen möchte. Um Caride zu ärgern, wo auch immer er jetzt ist. Ich weiß, sie gehört dir, du hast sie von deinem Vater geerbt. Aber ich weiß auch, dass du ihr keine Probleme machen wirst. Und dann wollte ich deiner Tante Dorinda noch dieses kleine Grundstück vermachen. Das kleine, gleich neben ihrem Grundstück in Beluso. Denn sie ist immer eine gute Schwester gewesen! Und letztlich brauchst du es nicht.

Damit habe ich schon alles aufgezählt, was von meinem Leben übrig bleibt und vererbt werden kann. Es ist alles hier aufgeführt. Auf zwei Seiten. Gut, dass ich Marina dabeihatte. Ich habe überhaupt nichts verstanden. Ich hinterlasse so wenig. Fast nichts. Die Wohnung. Nur die Wohnung. Was war das damals für eine gute Entscheidung gewesen, die Wohnung zu verkaufen, in der ich mit deinem Vater gelebt habe! In diesen vier Wänden hier habe ich tatsächlich glückliche Zeiten verbracht. Glückliche Augenblicke zusammen mit dir, bis du dann beschlossen hast, dir eine eigene Wohnung zu kaufen. Ich weiß, dass niemand verstanden hat, wie ich mich dazu entscheiden konnte, die Wohnung zu verkaufen, in der ich mein ganzes Leben verbracht hatte. Ich glaube, jetzt verstehst du das schon. Ich werde dir immer dankbar sein, dass du damals die Verkaufsdokumente unterschrieben hast. Und diese Neubauwohnung ist so angenehm! So warm. So gut gelegen. Und viel kleiner.

Ich hinterlasse noch viel mehr Dinge, die nicht in diesem Papier drinstehen. Dich zum Beispiel, mein Schatz. Ich mag die Vorstellung, dass du nur dank meiner zu dem Mann werden konntest, der du heute bist. Ich weiß, du bist ein guter Mensch geworden, und daran hab ich einen kleinen Anteil gehabt.

Und die arme Marina! Ihr Schicksal ist ziemlich traurig. Sie besitzt natürlich viel mehr als ich. Aber sie hat niemanden, dem sie die Sachen hinterlassen kann, jetzt, wo sie keinen Mann mehr hat. Ich wusste nicht, dass sie eine Waise ist. Und Geschwister hat sie auch keine. Sie hat alles ihrem Geschäftspartner vermacht. Dem Besitzer des Katers.

Das ist ihr offenbar sehr wichtig gewesen. Ich hatte sie schon mal gefragt, ob dieser Rodrigo verheiratet ist. Er scheint schwul zu sein. Na ja, sie hat es anders ausgedrückt. Ich erinnere mich nicht mehr genau, was für ein Wort sie benutzt hat. Das ist jetzt schon richtig Mode geworden. Du weißt, eigentlich ist es gar nicht meine Art, andere Leute zu kritisieren, aber ich finde das merkwürdig. Dass sie das so ganz geradeheraus sagen. Das ist alles sehr modern. Trotzdem ist dieser Rodrigo jetzt schon mein Held. Sein Kater bringt viel Freude in meine Tage. Das müsstest du dir anschauen, wie er sich auf meinem Schoß zusammenrollt, wenn wir uns im Fernsehen die Vorabendserie anschauen. Es wundert mich gar nicht, dass ich nichts habe, was ich dir hinterlassen könnte. Meine ganze Rente geht für frischen Fisch drauf!

Das war's schon, mein Sohn. Ich leg dir mein Testament in die Schublade bei dir zu Hause. All mein Hab und Gut und noch einen riesigen Haufen Erinnerungen, für die in diesen Papieren kein Platz ist. Wenn ich es recht bedenke, sind diese Nachrichten an dich mein zweites Testament.

Jetzt bin ich endlich auf dem richtigen Weg.

Ich glaube, heute werde ich gut schlafen.

Und zwar richtig gut.

Das Herz hat seine Gründe,
die der Verstand nicht kennt

Sara

Hallo, Bruno!

Hier kommen die Hausaufgaben, die du mir gestern aufgegeben hast. Eine Liste mit zehn Gründen, die für eine Heirat mit Rubén sprechen, und eine Liste mit zehn Gründen dagegen. Ganz wie du mir gesagt hast, hab ich sie ohne groß darüber nachzudenken aufgeschrieben. Habe mir ein Blatt Papier genommen und gleich angefangen. Das war fast schon »Automatisches Schreiben«. Hier also die Liste. Ich lese sie dir ganz langsam vor, dann komme ich nicht durcheinander.

Zehn Gründe, warum ich Rubén heiraten möchte:

1. Er hat keine Mutter. Und sein Vater lebt mit seiner älteren Schwester zusammen. Da wären wir also auf der sicheren Seite.
2. Sollten wir Kinder bekommen, besteht eine fünfzigprozentige Chance, dass sie groß und blond werden. Und eine fast hundertprozentige, dass sie hübsch werden.
3. Er klappt immer den Klodeckel zu.
4. Er ist der einzige Mann, den ich kenne, der ein Buch von Jane Austen gelesen hat. Ich wiederhole: der einzige.
5. Er findet Emmy Bovary auch dumm.
6. Wir sind in den grundlegenden Dingen einer Meinung.

Sollten wir uns einen Hund zulegen, werden wir ihn Camilo nennen.

7. Wenn ich mit ihm ins Bett gegangen bin, war er immer nüchtern.

8. Vilar Viñas klingt gut – Viñas Vilar auch.

9. Sein Lieblingslied ist *Love of my Life* von Queen. Meins nicht, aber das kann sich ändern.

10. Ich weiß definitiv, dass er mir im Falle einer Scheidung niemals das Haus am Strand streitig machen würde.

Zehn Gründe, die gegen eine Heirat mit Rubén sprechen:

1. Manchmal redet er mit mir, als wäre ich seine Mutter.

2. Sollten wir Söhne bekommen, dann liegt die Wahrscheinlichkeit, dass sie einen unterdurchschnittlich großen Penis haben, bei fast hundert Prozent. Aber selbst wenn, das wäre immer noch besser als Töchter mit einer suizidalen Veranlagung.

3. Er schraubt nie die Zahnpastatube zu.

4. Er hält Elizabeth Bennet für selbstgefällig. Er sagt immer, Mister Darcy hätte ihre jüngere Schwester heiraten sollen.

5. Ich glaube, er hat Madame Bovary gar nicht gelesen und sagt diese Dinge nur, um mir zu gefallen.

6. Ich weiß nicht, ob es mir gefällt, dass er in allem mit mir einer Meinung ist.

7. Wenn ich mit ihm geschlafen habe, wünsche ich mir immer, ich wäre nicht so nüchtern.

8. Die zwei Vs in seinem Namen haben mir Lust gemacht, unseren Kindern Namen mit demselben Buchstaben zu geben: Victor, Victoria, Valentina, Virginia. Virgilio … na ja …

9. Man kann sich keine seiner Playlists auf Spotify anhören, ohne Lust zu bekommen, eine Überdosis Alprazolam zu schlucken.

10. Es ist mir egal, wer das Haus am Strand bekommt, den Hund/die Hündin Camilo/Camila, die Jungs mit dem winzigen Penis oder die suizidgefährdeten Mädchen. Worauf es mir ankommt, ist, dass wir uns auf alle Fälle scheiden lassen. Das ist doch der eigentliche Sinn und Zweck einer Ehe, oder nicht?

So, lieber Bruno, ich hoffe, da ist was für dich dabei. Wenn ich mir die Liste ansehe, denke ich, dass ich vielleicht doch nicht heiraten will.

Und ich fand es lustig, mir vorzustellen, wie du bei Nummer zwei in der zweiten Liste schauen würdest.

So ein Quatsch, du Depp! Rubén hat keinen zu kleinen Schwanz. Herrgott im Himmel, ihr seid wirklich alle gleich!

Filme, Namen und Batidas de Piña

Viviana

Als ich meinen ersten Kuss bekam, war ich schon keine Jungfrau mehr, aber das weißt du ja.

Es war an einem Sonntag im Februar, gleich neben der Promenade von Pontevedra.

Ich möchte diesen Moment gern mit dir teilen. Es gibt so wenige Momente wie diese in meinem Leben, Papa.

An dem Nachmittag sind Inés, Laura und ich ins Kino gegangen, um uns *Tesis – Der Snuff Film* von Amenábar anzuschauen. Damals war er noch ein ganz unbekannter Regisseur. Es kommt mir vor, als wäre das vor tausend Jahren gewesen.

Schon nach der ersten Szene war mir klar, dass ich mir den Film nicht würde anschauen können. So viel Gewalt halte ich nicht aus. Ich habe Laura und Inés sitzen lassen und bin fluchtartig aus dem Kinosaal gerannt, und so stieß ich dann auf Manuel, der mit ein paar Freunden in der Tür stand und auf die nächste Vorführung wartete.

Er kam direkt auf mich zu. Er macht mir nie was vor, weißt du? Er hat nie einen Zweifel daran gelassen, dass ich ihm gefalle. Es waren fast acht Monate vergangen, seit er mich in seiner Praxis behandelt hatte. Und seitdem war er mir vielleicht ein paar Mal begegnet. Er hatte sich meine Telefonnummer besorgt und mich sogar mehrfach angerufen, um sich mit mir zu verabreden. Aber ich habe nie zugesagt. Vor allem, weil er mir zu alt vorkam. Ich war damals achtzehn und er sechsundzwanzig. Und zweitens, weil er Bescheid wusste, weil er etwas ahnte ... weil er in mir lesen konnte. Für ihn war ich ein offenes Buch. Für ihn lagen all meine Geheimnisse offen da.

Manuel wusste, dass mit mir was nicht richtig war. Vielleicht habe ich ihm deshalb gefallen. Er hatte immer einen Hang zu hoffnungslosen Fällen. Jetzt ist er in Afrika, in Lagern in der Sahara, mit einer NGO, rettet dort Kinder, indem er sie operiert, sie impft, ihnen das Leben leichter macht.

Ich frage mich, was wohl aus meinem Leben geworden wäre, wenn ich zugelassen hätte, dass er mich rettet.

An dem Tag ließ ich mich auf ein Treffen ein. Und sah mir *Tesis* noch einmal an. Diesmal den ganzen Film, ohne ihm zu gestehen, dass ich schon in der ersten Vorführung gesessen hatte. Ich konnte noch nie der Versuchung widerstehen, nicht ganz die Wahrheit zu sagen.

Danach sind wir was trinken gegangen.

Es hat geschüttet. Gott, was hat es geschüttet! Wir rannten über die Promenade. Er hat mich mit seiner Bomberjacke geschützt. Ich habe mich in seine Arme geflüchtet. Ich wollte für immer unter dieser Jacke bleiben. Nur gibt es im wahren Leben nichts, das für immer ist, Papa. Wenigstens nicht die guten Dinge. Er brachte mich in ein Café. Ich bestellte mir einen riesigen Milchshake. Was für ein Schleckermaul ich damals war! Das bin ich heute noch. Ich erinnere mich an den süßen Geschmack der Ananas, und wie er den Milchshakefleck von meiner Nase wischte. Und wie er mich geküsst hat. Seine Hände hatte er in meine Haare gekrallt. In die echten. Die kastanienbraune Mähne mit dem honigfarbenen Schimmer. Und wie er ganz leise meinen Namen murmelte, ihn auskostete.

Nicht Viviana.

Den anderen.

Chancen

Marina

Wie standen die Chancen, dass unsere Ehe gut ausgehen würde?

Als wir damals geheiratet haben, waren wir vollkommen überzeugt davon, es würde für die Ewigkeit sein. Für mich hat es nie einen anderen gegeben. Ich wollte mit dir zusammen sein. Ich habe mir oft vorgestellt, wie wir im Alter sein würden. Wie wir auf einer Allee auf einer Bank sitzen würden. Wie wir gemeinsam Reisen unternehmen würden, solange wir das noch könnten. Wie wir am Ufer des Lérez entlangspazieren würden. Ich habe mir das Alter nie ohne dich vorgestellt. Du wirst jetzt sagen, das ist doch normal, jeder, der heiratet, macht das. Aber du irrst.

Heute ist eine Klientin gekommen, um einen Ehevertrag aufzusetzen. Ich verstehe, dass sie das tun will. Ihre Mutter kämpft verzweifelt darum, ihrem Vater noch das letzte Hemd zu rauben, in einer der schwierigsten Scheidungen, mit der ich mich seit Eröffnung der Kanzlei befasst habe. Und natürlich will sie sichergehen, dass ihre Tochter nie etwas Ähnliches durchstehen muss. Ich habe ihr zur Gütertrennung und zu einem Ehevertrag geraten.

Du hättest sehen sollen, was für ein Gesicht diese junge Frau gemacht hat. Während ich sprach, fiel ihre Miene in sich zusammen. »Scheiße«, sagte sie. »Scheiße«, dachte ich.

Also habe ich ihr, um sie zu beruhigen, meine Rede von den Lebensetappen gehalten. Aber im Grunde nehme ich mir meine Worte schon selbst nicht mehr ab. Ich habe herumgestottert und gespürt, wie ich rot wurde.

Dann sagte die Mutter von Sara – so heißt die junge Frau (ich bin mir sicher, du kennst den Vater, Viñas, der aus Santander, der Sohn von José María Viñas) –, der Ehevertrag sei absolut notwendig. Denn es sei klar, dass sie sich nicht wirklich sicher sei, ob sie diesen Schritt tun sollte. Sonst hätte sie ja »das« nicht gemacht.

Siehst du, Jorge, ich weiß ja nicht, was die junge Frau gemacht hat, aber ich habe auf den ersten Blick gesehen, dass sie sich nicht sicher war.

Und wenn selbst wir so enden, die wir uns sicher gewesen sind, nicht ohne einander leben zu können … welche Chancen hat dann sie?

Vielleicht mehr als wir. Vielleicht heiratet sie und wird an der Seite ihres Verlobten alt. Vielleicht bekommt sie wundervolle blonde Kinder, während ihr Ehevertrag in einer Schachtel vergilbt.

Wer weiß schon zu sagen, welche Chancen in der einen oder der anderen Sache stecken?

Ich habe versprochen, dir treu zu sein. Du hast mir Respekt versprochen. Wir haben beide unsere Versprechen gebrochen.

Du wolltest Kinder haben. Ich habe mit dem Metzger vom Mercadona geschlafen.

Wie standen die Chancen, dass wir weiter zusammenbleiben?

Ich weiß es nicht. Ich weiß nur, dass ich alle Hoffnung darauf, du könntest zurückkommen, über Bord geworfen habe.

Weil meine Wohnung jetzt eisgrau ist.

Weil Diego jetzt schon seit zehn Tagen darin mit mir schläft.

Wie ich Vicente kennenlernte

Carmela

Hallo, mein Schatz!

Du hast mir nie erzählt, wie du Alicia kennengelernt hast. Aber sie schon. Es war in der Notaufnahme. Sie hatte sich am Arm verletzt, und du hast sie behandelt. Das hat sie mir erzählt, ohne mir in die Augen zu schauen. Sie hat mir nie in die Augen geschaut. Dir vielleicht schon, das weiß ich nicht.

Ich nehme an, diese Art, jemanden kennenzulernen, ist so gut wie jede andere auch.

Und ich habe Vicente tatsächlich genauso kennengelernt.

Ich bin gestolpert. Bin ausgerutscht und hab mir einen Knöchel verstaucht. Und er kam mir zu Hilfe. Ich erinnere mich, wie er meinen Knöchel gepackt hat. Und wie er ein Taschentuch aus seiner Tasche holte. Er hat mir den Fuß verbunden. Und ich hab geweint. So hat Vicente mich kennengelernt. Weinend.

Dann hat er mich nach Hause zu meinen Eltern gebracht. Ein paar Tage später kam er wieder und hat sich nach mir erkundigt. Und mich zu einem Spaziergang eingeladen.

Ich war ganz verrückt nach ihm, weißt du? Ich denke, hätten wir das fünfzig Jahre später erlebt, hätte ich mir eine liegende Acht aufs Handgelenk tätowiert.

Und so wenig mir das mit Alicia gefallen hat, so wenig begeistert ist damals meine Mutter gewesen.

Und genau wie du habe ich nicht auf ihre Ratschläge gehört. Denn ich war ja schon verliebt.

Und er ist fortgegangen.

Genau wie sie.

Und seit dem Abschied: kein Wort mehr. Völlige Funkstille. Kein Brief. Nicht mal eine Nachricht.

Da siehst du's. Meine Liebesgeschichte endete genau so, wie sie begann. Mit Tränen.

Genau wie deine.

Er ging fort, und ich habe erst zehn Jahre später wieder von ihm gehört. Zehn Jahre lang wusste ich nicht, was mit ihm war. Bis er eines Tages wieder in meinem Leben auftauchte. In einer Kiste. Per Zufall. Ich habe nach dem Sparbuch von der Sparkasse gesucht. Und Briefe aus zehn Jahren gefunden. Zehn Jahre Abwesenheit. Zehn Jahre Lügen.

Die Lügen meiner Mutter.

Die Lügen von Caride.

»Ich habe dich nicht angelogen, Carmela. Wir haben dir nur nicht die Wahrheit gesagt.« So hat Caride sich entschuldigt. Als hätte es das besser gemacht. Als hätten wir nicht beide gewusst, dass das, was er mir angetan hat, sich durch nichts wiedergutmachen ließ. Dass man für die Liebe verdorben ist, wenn man so viel Schaden anrichtet.

Zehn Jahre.

Es war schon spät. Zu spät für mich.

Ich hoffe, für dich ist es noch nicht zu spät, mein Schatz.

Eheverträge

Sara

Heute hat Mama mich in eine Anwaltskanzlei geschleppt, um eine Vereinbarung aufzusetzen, die mein Erbe schützt, falls Rubén und ich uns irgendwann scheiden lassen. Offenbar ist das normal für Leute wie uns. Ich wüsste gern, was Leute wie uns eigentlich ausmacht. Warum wir etwas Besonderes sind.

Es sind noch zwei Monate bis zur Hochzeit, und ich sitze in einer Kanzlei und bereite meine Scheidung vor. Und offenbar, ich wiederhole, ist das ganz normal. Ich stelle mir ähnliche normale Dinge vor. Zum Beispiel: »Guten Tag, ich bin im dritten Monat schwanger und würde gern einen Sarg in Auftrag geben, für den Fall, dass mein Kind stirbt.«

Die Anwältin erklärt mir, eine solche Vereinbarung treffe man nur für den Fall der Fälle. Also für den Fall, dass ich heirate. Wenn ich nicht heirate, gibt es auch keine Scheidung. Wenn ich nicht liebe, muss ich auch nicht leiden.

Wenn ich zwei Packungen (oder waren es vier?) Medikamente schlucke, auch nicht.

Aber eines ist sicher, aus irgendeinem seltsamen Grund liebe ich Rubén. Und stehe auf der bejahenden Seite. Ja, ich liebe. Ja, ich heirate. Ja, ich unterschreibe die Vollmacht, damit Marina, so heißt die Anwältin, mich vor Rubéns Anwälten repräsentieren kann. Und Rubén wird alles unterzeichnen.

Genauso, wie er auch einverstanden ist, einen Hund zu haben, der Camilo heißt, und nicht Toby oder Lulú.

Weil er mich liebt. Und weil ich ihn liebe. Warum sprechen wir dann von Scheidung? Für den Fall der Fälle.

Es war unerträglich. Ich wäre am liebsten aus dieser Kanzlei gerannt, die kilometerweit nach Scheidung stank. Wäre am liebsten nicht in das Haus meiner Eltern zurückgekehrt, das aus allen Ritzen die Scheidung ausdampft. Ich ging an einem Kulturzentrum vorbei. Ich habe mich für einen Zumba-Kurs eingeschrieben, für einen Nähkurs und einen Computer-Einführungskurs, und auf dem Rückweg bin ich noch in die Kirche und habe meine Dienste als Freiwillige bei der Tafel angeboten. Du weißt schon, da, wo die Leute, die nicht so sind wie wir, essen gehen.

Die Leute, die keine Eheverträge abschließen, bevor sie heiraten.

Nach Hause gehen

Viviana

Ich bin früh aufgestanden, das Flugzeug ging um ein Uhr mittags. Als ich gestern mit der Arbeit fertig war, habe ich Roscof gesagt, ich müsse zurück nach Hause. Meine Mutter sei in einem Altersheim, und ich müsse sie besuchen.

Du weißt ja, Papa, dass nur die erste Hälfte stimmt.

Ich hatte kaum geschlafen und brauchte eine halbe Stunde, um zu entscheiden, wie groß der Koffer sein sollte. Groß, klein. Groß, klein. Groß, klein.

Klein.

Nur ein paar Tage.

Ich zog mir Jeans und einen grünen Pulli an.

Ich nahm die Metro.

Ich hatte längst vergessen, wie die Welt um elf Uhr morgens aussieht. Die Welt mit offenem Haar. Die Welt ohne Perücken. Ich betrachtete mein Bild, das im Fenster des Metrowaggons gespiegelt wurde. Alicia.

Wieder Alicia.

Der Flughafen kam mir riesig vor. Mir wurde klar, dass ich Madrid, seit ich vor sieben Jahren gekommen war, nicht mehr verlassen hatte. Nicht einmal, als ich allen Grund dazu hatte.

Ich ging durch die Kontrolle. Zeigte Alicias Personalausweis vor. Ging durch den Metalldetektor. Es piepste. Ich zog meine Schuhe aus. Es piepste. Ich zog den Gürtel aus. Es piepste. Ich ließ mich von einer Polizistin abtasten.

»Sie können durchgehen«, sagte sie.

Ich zog mir die Schuhe wieder an. Nahm meinen Handkoffer. Drehte mich einmal um die eigene Achse. Verließ das Flughafengebäude wieder. Stieg in die Metro. Kam zu Hause an. Rief Roscof an und sagte ihm, ich würde doch nicht fahren.

Ich setzte mir eine rothaarige Perücke auf. Betrachtete mein Bild im Badezimmerspiegel.

Viviana.

Wieder Viviana.

Dann heulte ich los.

Wörterbücher, Diaphanoskopien und neun Pappkartons

Marina

Die Diaphanoskopie ist eine Medizintechnik, bei der ein Organ oder eine Struktur mittels der Einführung einer starken Lichtquelle untersucht wird, sodass diese von außen betrachtet werden kann. So definiert es das Wörterbuch.

Ich erinnere mich, dass ich dir anfangs, als ich auf deine Mailbox zu sprechen begann, vorgeschlagen habe, wir sollten uns das enzyklopädische Wörterbuch teilen. In dem Moment wurde mir klar, dass ich, wenn ich die letzten Bände nehmen würde, bestimmte Wörter niemals würde nachschlagen können. Und zur Veranschaulichung nahm ich dieses Wort: Diaphanoskopie.

Ich hatte keine Ahnung, was es bedeutet. Es war mir einfach so in den Sinn gekommen. Urplötzlich. Ohne groß nachzudenken.

Es war bloß ein klangvolles Wort, das ich irgendwo gehört oder gelesen hatte. Ich habe es dann gegoogelt, und wenige Sekunden später hatte ich die Definition vor mir, wieder ein Beweis dafür, dass ich mich geirrt hatte. Ich brauche dieses Wörterbuch nicht. Und du auch nicht. Alles steht im Netz. Der einzige Grund, es zu behalten, wäre die Bedeutung gewesen, die es in unserem Leben hatte. Ich erinnere mich noch, wie wir es damals mit den Coupons gekauft haben, die wir aus der Zeitung ausgeschnitten hatten. Ich machte gerade mein

Praktikum in der Kanzlei deiner Tante und hatte mir in den Kopf gesetzt, dass wir ein enzyklopädisches Wörterbuch auf Galicisch bräuchten. Ich werde nie vergessen, wie du die vier Bände nachgekauft hast, die mir noch fehlten, weil ich vergessen hatte, vor meiner Interrailreise die entsprechenden Coupons einzuschicken.

Dieses Wörterbuch war unser erster gemeinsamer Besitz. Es folgten tausend weitere Dinge. Aber das Wörterbuch war zuerst da. Und ich habe tatsächlich geglaubt, wir beide hätten es verdient, ein Stück unserer gemeinsamen Vergangenheit aufzubewahren.

Pustekuchen. Ich habe mich geirrt. Steht alles schon im Netz und lässt sich googeln.

Und so beschloss ich, es dir zu schenken.

Ich hätte dir das erzählen sollen, als du heute Nachmittag gekommen bist, aber wie immer konnte ich ohne die zwischengeschaltete Mailbox nicht sprechen. Du genauso wenig. Obwohl sofort klar war, dass du dir die Nachrichten angehört haben musstest, denn über die Wandfarbe in der Wohnung hast du kein Wort verloren. Als wir deine Sachen fertig in die Kisten verpackt hatten, hast du mir noch deinen Schlüssel gegeben, obwohl ich dir ja gesagt hatte, dass ich das Schloss ausgetauscht hatte. Ich habe dir bestätigt, dass ich das Geld für deinen Teil der Maisonette-Wohnung schon eingezahlt habe. Und dein Angebot, damit noch zu warten, zurückgewiesen. Ich habe dich noch einmal darauf aufmerksam gemacht, dass ich völlig problemlos eine Hypothek aufnehmen kann.

Anschließend habe ich neun Umzugskartons in mein Auto gepackt und dich zum Haus deiner Mutter gefahren. Ich habe dir zum Kauf eines Autos geraten. Weil nur ein Motorrad nicht genug ist.

Auch unsere Liebe war nicht genug.

Du hast mich auf die Wange geküsst. Und mir Glück gewünscht. Mit allem. Ich weiß, dass du mit allem auch Diego gemeint hast. »Viel Glück, Marini.«

Und ich habe nicht geweint.

Nicht bis ich nach Hause kam und merkte, dass dein Handy auf dem Sideboard im Flur lag. Dieses Scheiß-Sideboard, auf dem du alles liegen lässt, was von unserem vergangenen Leben noch übrig ist. Ich weiß, dass das deine Art ist, mir zu sagen, dass du diese Nachrichten nicht länger hören willst. Das war wirklich ein harter Schlag, Jorge. Weil ich glaube, dass ich dir noch viel zu sagen habe. Wenn man bei mir eine Diaphanoskopie machen würde, dann könnte man sehen, dass irgendetwas da drin nicht in Ordnung ist.

Mein Herz ist entzweigegangen.

Was in den Briefen stand

Carmela

Warum hat Caride diese Briefe aufbewahrt?

Manchmal denke ich, das hat er nur getan, damit ich sie finde. Weil er wollte, dass ich ihn loslasse. Weil er es mir auf diese Art erzählen wollte. Er wollte, dass ich ihm verzeihe.

Was ich nie getan habe.

Diese Briefe waren voll von meiner Vergangenheit. Voll von dem, was ich hätte sein können, aber nicht geworden bin.

Sie fangen alle gleich an. »Geliebte Carmela. Ich hoffe, es geht dir gut, wenn du diesen Brief erhältst...«

Alle endeten gleich. »Immer der Deine. Denk daran, dass ich dich liebe. Vicente.«

Alle.

Und in den Briefen schildert er sein Leben in Buenos Aires. Schreibt von der Pension. Seiner Arbeit als Bote. Seinem Traum, ein paar Läden zu eröffnen. Geld zu sparen, um mich nachkommen zu lassen. Seiner Absicht, mich kraft Vollmacht zu heiraten. Von seiner Sorge, weil er keine Nachricht von mir erhielt. Seinem Schmerz über einen Brief meiner Mutter, in dem stand, ich wolle seine Briefe ganz einfach nicht beantworten. Seine Fragen ohne Antwort. »Warum hast du Caride geheiratet, Carmela? Warum?«

Briefe voller Fragen, die von meinen eigenen Fragen fast nicht zu unterscheiden waren. Fragen, die ich mir seit zehn

Jahren stellte. »Warum hast du mir nicht mehr geschrieben, Vicente? Wie ist es dir in Buenos Aires ergangen? Was ist mit deinem Versprechen, mich holen zu kommen?«

All diese Fragen, die über unserem Leben kreisen und keinen Landeplatz finden.

Und all diese Antworten in der Schublade einer Kommode. Unter einem Paar Socken.

Wie sollte man so etwas vergeben, mein Sohn?

Und wie solltest du mir vergeben, dass ich dir nicht erzählt habe, dass Alicia in Madrid ist?

Chaos

Sara

Heute hat Conchita mir gesagt, dass sie meinen Schrank nicht länger aufräumen wird, weil da drin das reine Chaos herrscht.

Das ist nicht, was ich dir erzählen wollte.

Aber es ist das, was ich dir erzählen werde. Weil ich dir das andere nicht erzählen kann.

Ja, ich weine. Wegen allem. Weil mein Schrank ein Chaos ist. Weil Conchita ihn nicht mehr aufräumen will. Und als ich selbst angefangen habe, meine Kleider zu sortieren, meine Schuhe und Taschen ... da habe ich gemerkt, dass mir nichts mehr davon gefällt. Dass meine Joggingklamotten mir reichen würden. Weißes T-Shirt. Schwarze Leggins. Ich weiß, das hab ich dir schon mal erzählt. Aber ich muss von was anderem sprechen. Und ich muss weinen. Die Leute weinen doch beim Psychologen. Dafür ist deine Therapie immerhin nützlich: zum Heulen. Es ist einfach nicht gerecht. Mein Leben ist wie mein Schrank. Das reinste Durcheinander. Ein farbloses Leben. In Schwarz und Weiß.

Ich kann so nicht weitermachen. Es ist etwas Schreckliches geschehen. Nein. Ich kann es dir nicht erzählen. Diesmal kannst du mir nicht helfen. Nein.

Schreib mir nicht.

Ruf mich nicht an.

Adieu, Bruno.

Dorna[4]

(Gedanken an einem Samstagnachmittag,
zwei Tage, nachdem ich mich nicht traute,
nach Hause zu fahren)

Viviana

Hallo, Papa!

Ich hasse Samstage. Eigentlich stimmt das gar nicht. Was ich an den Samstagen nicht mag, ist, dass sie eigentlich genau wie Mittwoche sind. Ich hasse dieses Leben, in dem ein Montag nichts anderes als ein Freitag ist.

Als Kind habe ich die Freitage geliebt. Dieses Gefühl, wenn um halb sechs in der Schule die Glocke läutete und wir durch die Gänge rannten.

Heute habe ich dir nicht viel zu erzählen. Dass ich melancholisch bin. Und dass ich mich schäme. Wegen der, die ich heute bin. Weil ich mich nicht traue, die zu sein, die ich mal war. Weil ich keinen Weg heraus aus diesem Leben finde, in dem es egal ist, ob es Montag oder Dienstag ist. August oder Januar.

Im Haus nebenan ist niemand. Ich würde gern ein wenig mit Paulina spielen gehen. Im Kühlschrank habe ich ein Überraschungs-Ei für sie aufbewahrt. Dieses Mädchen gefällt mir so sehr, Papa! Manchmal stelle ich mir vor, sie wäre meine

---

4 Dorna ist ein typisch galicisches Boot, das ganz aus Holz gebaut ist, ähnlich dem Drakkar der Wikinger.

Tochter. Glaubst du, ich wäre eine gute Mutter? Sicher besser als meine. Ich weiß, dass du es nicht magst, wenn ich sie kritisiere. Weißt du, warum sie sich so verhalten hat, Papa? Weißt du, warum sie mich nicht beschützt hat?

Ich nicht. Und dich verstehe ich auch nicht. Dass du sie immer so angehimmelt hast. Mehr als alles andere. Dass du so blind warst, Papa. Dass du nicht gesehen hast, dass sie uns nicht geliebt hat.

Aber für dich war sie alles. Dorna hast du sie genannt. Deine Dorna. Für einen Seemann ist es das Wichtigste, eine eigene Dorna zu besitzen.

Aber du warst kein Seemann. Du warst der Inhaber einer Eisenwarenhandlung.

Dorna, hast du gesagt, sie von hinten gepackt und aufs Haar geküsst.

So viel Liebe in diesem Haus, Papa.

Was ist da eigentlich schiefgelaufen?

Rodrigo, *Oh my God!*

Marina

Rodrigo ist wieder da.

Nach zwei Monaten auf Reisen (ich glaube, sein Freund musste erst einen Antrag auf Sonderurlaub stellen). Er ist braungebrannt, und das Glück springt ihm aus den Augen. Ich denke an meine Theorie von der Leidseligkeit. Wenn ihre Liebesgeschichte irgendwann im Eimer ist, werden ihm die Erinnerungen an diese Reise vor Augen führen, was für ein Unglücksrabe er ist.

Ich bitte ihn, bei mir in der Wohnung zu übernachten. Ich muss ihm alles erzählen. Wir leeren eine ganze Flasche Ouzo. Nehmen immer wieder einen Schluck, während ich ihm alle Neuigkeiten erzähle. Wie unerträglich Milan wurde. Von Carmelas Sardinen. Von dem Tee auf der Plaza de la Herrería, der eigentlich ein Kaffee hätte sein sollen. Von dem Abendessen beim Italiener. Wie ich mich auf Diego gestürzt und ihn geküsst habe. »Du musst mich mit zu dir nehmen«, habe ich zu ihm gesagt. »Oh my God!«, sagte Rodrigo. »Ich musste mit einem anderen ins Bett gehen, um Jorge aus meinem Kopf herauszubekommen«. »Oh my God! Und wie war es?«

»Oh my God!«, antwortete ich.

Ich erzählte ihm, dass ich dich mittlerweile hasse. Na ja, eigentlich nicht dich. Aber deine Lügen auf der Mailbox, wo du behauptet hast, ich hätte Kinder haben wollen. Dass ich das damals nur noch nicht gewusst hätte. (»Du darfst ihn nicht hassen, Marina, schließlich bist du mit einem anderen abgehauen. Er tut mir ja so leid!«) Siehst du, du tust meinem besten Freund leid. Selbst diesen kleinen Triumph nimmst du mir noch. Ich musste ihn erst daran erinnern, dass ich mit niemandem abgehauen bin. Dass ich immer noch in dich verliebt bin. Dass er sich unmöglich auf deine Seite schlagen kann. Dass er jetzt mein Universalerbe ist. Mein Partner. Meine Kontaktperson IN.

Und warum tue ich ihm nicht leid? Schließlich bin ich diejenige, die allein geblieben ist. Schließlich bin ich durch die finsterste Hölle gegangen. Ich kann immer noch nicht ohne Beruhigungsmittel einschlafen. Ich musste diese Maisonette-Wohnung erst einmal von dir befreien, durch einen Exorzismus. Ich habe unser Leben davonfahren sehen, eingepackt in neun Umzugskisten. Ich habe zugelassen, dass du mir das letzte Vergnügen genommen hast, das es seit jenem Sonntag im Mai für mich noch gab: das Vergnügen, auf deine Mailbox zu sprechen. Jetzt muss ich ständig dein Handy aufladen, um sicherzugehen, dass es weiter funktioniert. Ich wähle die Nummer, dann ertönen die obligatorischen fünf Piepstöne, und dann lausche ich dem Letzten, was mir in dieser Wohnung noch von dir geblieben ist. Deinen achtzehn Wörtern: »Ich bin grad nicht da! Ruf später noch einmal an oder hinterlass mir eine Nachricht nach dem Signalton.« So weit ist es schon gekommen! Dass ich den Anrufbeantworter anrufe, um mich selbst abzuhören. Sag mir, dass ich nicht verrückt bin und nicht kurz davorstehe, es zu werden, Jorge.

Aber das hilft alles nichts. Rodrigo besteht darauf, dass auch du eine harte Zeit gehabt hättest. Und ich lasse mich von ihm ausschimpfen, weil ich mich nicht besser um den Kater Milan gekümmert habe, der bei seinem Anblick einen

Katzenbuckel gemacht und sich hinter Carmelas Röcken versteckt hat (die Macht der Sardinen). Und als wir dann allein waren, habe ich ihn gebeten, ihn Carmela zu überlassen. Wie lange? Bis sie stirbt. Und dann haben wir beide losgeheult. »Das ist der Ouzo«, hat Rodrigo gesagt. Und deshalb habe ich ihm, um das Gespräch auf fröhlichere Themen zu lenken, gesagt, dass ich versuchen werde, ihr vor ihrem Tod zu helfen. Weil ich es nicht ertrage, sie so allein zu sehen. Und dann haben wir zusammen einen Plan ausgeheckt, wie man sie überraschen könnte.

Und dann, als wir gerade so richtig in Fahrt waren, erzählt er mir, dass er mit Ramón zusammenleben will. Und dass er ihn fragen wird, ob er ihn heiraten möchte. Einfach so, ohne darüber nachzudenken. Und ich hab ihm gesagt, er sei ja wahnsinnig. Und betrunken, wie wir waren, haben wir auf den Wahnsinn angestoßen.

Oh my God!

Wir haben auf den Plan angestoßen, mit dem wir Carmela glücklich machen wollen.

Auf die Hochzeit von Rodrigo und Ramón.

Und dann haben wir natürlich auch auf seine Scheidung angestoßen.

Und auf die Lebensphasen: geboren werden, aufwachsen, heiraten, Kinder kriegen, sich scheiden lassen und sterben.

Amen.

Erfindungen

Carmela

Wie klein die Welt ist! Es ist erst ein paar Monate her, dass ich dir von dieser jungen Frau erzählt habe, von dieser Sara. Das ist die Tochter von Viñas, dem von der Santander-Bank. Die junge Frau, der wir den Magen auspumpen mussten. Und plötzlich, vor ein paar Tagen, kam sie in der Pfarrei zur Tafel und wollte als Freiwillige mitarbeiten.

Das hätte ich wirklich nicht erwartet.

Entgegen jeder Prognose sind wir beide noch am Leben. Die Krebskranke im Endstadium und die verzogene junge Frau, die sich umbringen wollte.

Ich hätte nie gedacht, dass ich sie hier sehen würde, wie sie das Geschirr spült und den Tisch deckt. Das Leben hält einige Überraschungen für uns bereit.

Sie ist nicht sehr gesprächig. Aber sie arbeitet gut. Und sie ist sehr motiviert.

Wie gern würde ich ihr einen kleinen Vortrag halten! Etwas für sie tun. Natürlich nur, soweit ich das überhaupt kann. Ich bekomme fast Lust, ihr zu erzählen, was mit mir los ist. Und ihr klarzumachen, dass es für mich keine Lösung gibt, für ihre Probleme aber schon. Allerdings glaube ich, dass irgendwas passiert sein muss, dass sie jetzt hier ist. Als Freiwillige. Besser also, ich sage nichts. Vorläufig zumindest nicht. Denn wenn ich was sage, dann landen die Neuigkeiten vielleicht ganz schnell bei dir. Du brauchst nicht zu denken, ich übertreibe. Sie kennt dich nämlich. Ich habe ihr gesagt, du wärest der Cousin von Miguel, der in ihrem Alter ist. Und hab ihr erzählt, dass du gerade da unten bist. Dass ich auch immer so ein Plappermaul bin! Jetzt weiß sie, wo du bist. Sie kann dich jederzeit finden. Das hat sie mir gestern schon demonstriert.

Ich hab ihr nämlich erzählt, dass du im Fernsehen warst, in den Nachrichten, und da hat sie mir gesagt, wir könnten dich zusammen im Internet suchen. Und dann ging es ratzfatz. Sie hat ihr Handy vorgeholt, und schon hatte sie dich gefunden. Wie du das mit den Kindern erzählt hast. Und was ihr alles mit zwanzig Euro anstellen könnt.

Was hab ich da geweint, mein Schatz! Und das, obwohl ich es ja schon vor ein paar Monaten im Fernsehen gesehen hatte. Aber dich noch mal so zu sehen, so nah… Wieso man das anschauen könne, hab ich sie gefragt. Offenbar im Internet von der NGO. Und Fotos gibt es auch. Von dir, von den Ärztinnen und Ärzten, von den Freiwilligen, von den Lehrern… und von den Kindern, ganz vielen Kindern. Alles war da, da drin in ihrem kleinen Telefon.

Danach meinte sie, wir könnten dich noch woanders suchen. Und da gab es tatsächlich Fotos. Haufenweise Fotos. Sara sagte, sie würde all diese Fotos mit ihren Freundinnen teilen, dann würden sie viele »Gefällt mir« bekommen. Und was gefällt einem da? Das Foto? Ach, mein Schatz, das ist ja vielleicht kompliziert! Aber so aufregend! Und es gab auch Videos. Sogar von den Kindern, wie sie »Miudiño« singen. Und wie du in ihrer Sprache sprichst.

Ich fand es fürchterlich, dass ich so weinen musste.

Aus Stolz.

Aus lauter Stolz.

»Was hab ich für einen tollen Sohn, stimmt's?« »Absolut, Señora Carmela.« Und stell dir vor, was sie dann gemacht hat, und zwar auch mit dem Handy. Sie hat was geschrieben, und schon war sie Mitglied bei der NGO. Sie und noch vier andere von unseren Mitarbeitern.

Was ist das für eine Welt, mein Sohn! Ich verstehe das alles überhaupt nicht. Man klickt auf einem Handy rum, und schon kann man dich sehen. Man schreibt vier Sachen rein, und schon kommen zwanzig Euro in der Wüste an, mit denen du diesen Kindern helfen kannst.

Und die Heilung für mich?

Ist da noch nichts erfunden worden?

Die Ursache des Chaos

Sara

Heute haben sie Rubén aus dem Krankenhaus entlassen.

Er ist fast gestorben, weißt du?

Er ist fast gestorben, und ich war außerstande, das Krankenhaus zu betreten. Ich habe keinen Fuß in die Intensivstation gesetzt. Ich habe nichts getan. Ich habe nur dich angerufen und dir von meinem unordentlichen Schrank erzählt.

Du verstehst vermutlich, dass ich es dir in dem Moment nicht erzählen konnte. Ich war zu sehr damit beschäftigt, darüber nachzudenken, was jetzt aus meinem Leben wird. Denn wie du es in deinen E-Mails in den vergangenen Wochen so gut erklärt hast, ich setze immer mich selbst an die erste Stelle. Wie hast du mich noch mal genannt? »Blöde, verzogene Egozentrikerin.«

Dass du mich beschimpfst, sollte eigentlich nicht Teil dieser Therapie sein. Ich weiß aber, warum du das tust. Um mich wütend zu machen. Weil du weißt, dass die Wut noch vor der Traurigkeit kommt, vor der Angst. Es ist leichter, wütend zu sein. Und viel weniger gefährlich. Wütende Leute versuchen nicht, mit einer Überdosis Barbituraten Selbstmord zu begehen. Wütende Leute möchten eine Pistole nehmen, den betrunkenen Fahrer finden, der den Verlobten fast getötet hätte, und ihm das Hirn aus dem Kopf pusten.

Ganz ruhig, Bruno. In diesem Stadium der Therapie, fünf

Monate und fast zweitausend Euro später, halte ich mich für fähig, mich auf zivilisierte Art meinen Problemen zu stellen.

Ich bin durchaus dazu in der Lage.

Rubén lebt. Und das ist jetzt das Einzige, was für mich zählt. Und um das Positive in dem Ganzen zu sehen, hat jetzt wenigstens mein ständiges *Ichheirate-ichheiratenicht-ichheirate-ichheiratenicht* ein Ende.

Ich bin mir jetzt ganz sicher.

Ich liebe ihn. Die Gründe sind egal. Wen zum Teufel interessiert das Warum? Ich liebe ihn einfach. Die dummen Listen, die du mich schreiben lässt, ändern gar nichts daran. Es gibt da keine Logik. Und keine Gründe. Ich liebe ihn, ohne es zu wollen. Ich weiß, dass es bei deiner Arbeit darum geht, Gründe zu finden. Aber es gibt nicht immer welche. Ich liebe ihn einfach. Weil ich die Alternative, ein Leben ohne ihn, nicht ertrage. Und jetzt weiß ich das.

Ich weiß, dass ich mein Leben an seiner Seite verbringen will. Ein Leben, das schon nicht mehr dasselbe ist. Ich strenge mich an, die Punkte zu finden, an denen unser neues Leben dem vor dem Unfall gleicht. Und das ist nicht leicht. Vor dem Krankenhaus (dem, in das ich nicht gegangen bin, bis er wieder herauskam, so als würden wir gegenläufige Wege gehen) wartete ich mit einem Golden-Retriever-Welpen auf ihn. Du weißt schon, dem Hündchen von der Klopapierwerbung. Natürlich heißt er Camilo, obwohl er aussieht wie ein Toby. Oder wie ein Pepín, aber er war der Einzige, den ich in den wenigen Stunden finden konnte, nachdem ich erfahren hatte, dass er aus dem Krankenhaus entlassen würde.

Mehr braucht er nicht. Er weiß, was das bedeutet.

Dass ich hier bin. Dass ich bleibe. Auch wenn unser gemeinsames Leben, wie ich schon gesagt habe, nicht mehr das gleiche sein wird.

Es hat sich einiges geändert.

Ich habe mich geändert. Die blöde, verzogene Egozentri-kerin denkt jetzt über sich hinaus.

Sie hat natürlich den Hochzeitstermin verschoben. Viel-leicht um sechs Monate. Ich weiß nicht. Vielleicht auch mehr. Bis man sich daran gewöhnt hat. Bis wir die Villa verkauft oder eine andere Wohnung gefunden haben.

Wie es aussieht, sind nämlich Rollstühle und dreistöckige Villen keine so gute Kombination.

Vaterland

Viviana

»Madrid gefällt mir«, hab ich zu Inés gesagt, an dem Tag, als ich ihr in der Metro begegnete. Und das war nicht gelogen, Papa. Andererseits weiß ich nicht, warum Loira… Warum einem die Heimat immer so in den Knochen steckt. Vielleicht ist es auch nur eine Illusion. Der Wunsch nach einer Verbindung, die dem eigenen Leben Sinn gibt. Vielleicht ist es gar kein echtes Gefühl. Vielleicht haben wir nur das Gefühl, dass es so sein müsste. So wie eine Mutter ihre Tochter lieben muss. So wie es Dinge gibt, die sind, wie sie sind, und nicht anders sein können.

Erinnerst du dich an deinen Bruder Luis? »Als in meinem Leben alles zusammenbrach, blieb mir immer noch die Heimat.« Und dein Bruder war kein Irrer. Er hatte in vielem, was er sagte, recht. Als er aus Venezuela zurückkam, besaß er keinen einzigen Duro. Und trotzdem sagte er, seit dem ersten Tag seiner Rückkehr bis zu seinem Tod, unermüdlich immer wieder: zu emigrieren sei das Beste gewesen, was er in seinem Leben gemacht habe. »Denn so erfuhr ich, was gut war im Leben, meine Kleine. Nach Loira heimzukehren. Etwas Besseres gibt es nicht«, sagte er. Er hat den lieben langen Tag nichts anderes getan, als auf dieser Brücke zu sitzen. Sich umzuschauen. Mit diesem Blick, wie ihn auch meine Irinas haben, wenn sie von Brașov reden.

Den gleichen Blick wie dieser nigerianische Junge, der vor dem Supermarkt gebettelt hat.

Ich habe ihm fünfzig Euro gegeben, Papa. Und du weißt ja, wie sehr ich immer spare.

Dass ich nichts ausgebe. Das weißt du ja.

Aber dieser Blick, Papa.

Dieser Blick...

Diego und die Heisenberg'sche Unschärferelation

Marina

Hallo, Jorge!

Keine Ahnung, warum ich dich noch immer mit Namen anspreche, eigentlich weiß ich ja, dass du dir das hier gar nicht mehr anhörst. Aber ich muss weiter mit dir sprechen. Wenigstens so lange, bis der Anblick deines Handys auf dem Sideboard in der Diele mir nicht mehr wehtut. Bis ich unsere mitternächtlichen Gespräche nicht mehr vermisse, die Netflix-Serien-Marathons, deine Lektionen in Lebensphilosophie. Du weißt ja nicht, wie sehr sie mir fehlen. Ich habe nie dein Seziervermögen besessen, deine Analysefähigkeit. Du hättest Philosophie studieren sollen. Oder Psychologie. Aber du hast lieber Körper trainiert, nicht geistige Fähigkeiten.

Ich kann mich noch an jede einzelne deiner Geschichten über die Schüler im Fitness-Studio erinnern. An deine Marotte, sie mit einem treffenden Wort zu charakterisieren. Der Frustrierte, die Neurotikerin, der Dressurhund, der Dödel, der Gewitzte, die Wucht, die Bedachte, der Rammler und so weiter. Tausend Namen hast du für deine Schüler gefunden. Und tausend Geschichten. »Der Rammler und die Neurotikerin haben sich heute nach dem Fitness-Studio am Ausgang getroffen. Der Frustrierte konnte es nicht fassen. Fast hätte ich ihn auf ein Bier eingeladen, um ihn zu trösten.« Diese Menschen waren unsere Familie. Ich vermisse sie.

Und dich auch. Ich vermisse sogar die düsteren Monate. Die Düstere. Das war ich. Ich war in meine Einsamkeit vergraben. Habe meine Wunden geleckt. Meinen Schmerz ausgekostet.

Aber dann war die Dunkelheit vorbei. Und der Sommer auch. Und der Herbst kündigt einen langen Winter an, in dem nun Diegos Anwesenheit ein wenig über deine Abwesenheit hinwegtrösten soll. Nach deiner Klassifikation sind wir »die Wunde« und »der Therapeut«.

Ich weiß nicht, wohin sich diese Beziehung entwickelt. Diego ist alles, was ich brauche. Er ist so anders als du. So anders als ich. Ich weiß nur: Wenn ich bei ihm bin, denke ich nicht an uns. Wir haben Spaß miteinander. Er liebt Tiere. Und ich verabscheue sie auf eine trotzige Art, die ihm gefällt. Ich erfinde ganz spielerisch mit ihm unser eigenes Klassifikationsuniversum. Und gebe meinen Klienten sprechende Namen. Miss Porsche-Cayenne. Mister Und-wer-soll-jetzt-meine-Hemden-bügeln.

Wir sprechen auch über seine Kunden. Ich bin die Miss Ich-ertrage-diesen-dummen-Kater-nicht-länger. Sag nicht, du findest das nicht lustig. Ich hatte vergessen, wie viel Spaß es macht, einfach so zu lachen. Und es gefällt mir, den Sex wieder neu zu entdecken. Einen Sex, der nicht durch Gewohnheiten kontaminiert ist. Ein Sex ohne Liebe, mit Zärtlichkeit, mit Respekt, ohne Vorwürfe. Anfängersex. Im Grunde ist es, wie ich schon gesagt hatte, ein therapeutischer Sex.

Und bis wohin geht das mit der Wunden und dem Therapeuten? Ich weiß es nicht. Ich weiß nur, dass ich mich allmählich wieder gut fühle. Mit mir selbst. Mit Diego. Mit meiner Nachbarin und der Überraschung, die ich für sie vorbereite. Mit Rodrigo. Plötzlich führe ich ein erfülltes Leben. Ich weiß nicht, was die Zukunft mir bringen wird. Ich glaube, das ist mir nicht so wichtig. Ich muss jetzt an Heisenberg denken.

Was es mit seiner Theorie auf sich hat, daran erinnere ich mich nicht. Aber an ihren Namen schon. Die Unschärferelation. Wie du siehst, ist von deinen langweiligen nächtlichen Lektionen etwas hängengeblieben. Ich weiß nicht, wo du das alles herhast. Bestimmt nicht aus *Sportlife*. Vielleicht hast du ja wirklich das enzyklopädische Wörterbuch benutzt.

Unschärferelation. Ich glaube, Heisenberg war in der Lage, mit physikalischen Parametern eine Lebenswirklichkeit zu analysieren. Es gibt kein exaktes Wissen. Warte, ich google das mal. Da haben wir es schon. Laut Wikipedia behauptet Heisenberg, dass in Begriffen der Quantenphysik zwei komplementäre Eigenschaften eines Teilchens nicht gleichzeitig beliebig genau bestimmbar sind, wie zum Beispiel Ort und Impuls (Bewegungszustand) eines bestimmten Objekts.

Na und? Das ist mir egal. Laut dieser Theorie kann ich nicht gleichzeitig und mit Präzision den genauen Punkt meiner Beziehung zu Diego und deren Entwicklungsrichtung bestimmen. Herr im Himmel! Was bin ich schlecht in so was. Deshalb habe ich ja auch Jura studiert. Weil ich keine Vorstellungskraft habe.

Deshalb brauche ich dich. Dein Seziervermögen fehlt mir. Oder einfach: Du fehlst mir.

Fünf Jahre an einem Tag

Carmela

Hallo, Manuel!

Was würde ich drum geben, wenn du mich jetzt sehen könntest. Hier vor dem Spiegel. Ich schaue mich an und erkenne mich nicht wieder. Das bin nicht ich. Oder doch. Vielleicht ist die Frau, die mich da anschaut, die, die ich immer hätte sein sollen. Es ist eine andere Carmela.

Ich weiß gar nicht, wo ich anfangen soll. Das war alles so merkwürdig. Weißt du was? Egal, was geschieht, alles hat seinen Grund. Ich glaube, meine Freundschaft mit Marina ist kein Zufall. Es ist so merkwürdig, sie könnte ja meine Tochter sein. Aber ich weiß nicht, ob es Gott war – wenn es ihn denn gibt –, der mich auf diesen Weg gebracht hat, oder wer auch immer. Ich weiß nur, dass jetzt irgendwie alles einen Sinn hat, mein Sohn. Ich bin froh, dass ich ihr erzählt habe, was gerade mit mir passiert, und mein ganzes Leben gleich mit dazu. Jetzt, wo ich eine alte Frau bin, werde ich noch zur Tratschtante, aber auch das bereue ich nicht. Alles hat seinen Grund.

Heute kam Marina mich holen. Sie hat gesagt, es sei Samstag und sie wolle den Tag mit mir verbringen. Sie habe grad nichts Besseres zu tun. Und sie habe sich gedacht, wir könnten doch zusammen meinen Geburtstag feiern. Ich wollte ihr schon sagen, dass ich erst im April Geburtstag habe. Und dass es dann schon zu spät ist. Dass ich in meinem Leben keine Geburtstage mehr haben würde.

Was für ein Irrtum!

Am Morgen haben wir mein sechsundsiebzigstes Lebensjahr bei einem Frisör in der Stadt gefeiert. Das Färben und Schneiden kostete so viel wie bei meiner Frisöse in einem Jahr. Aber ich muss schon sagen! Sie haben mir einen Kaffee gebracht und mir eine Handmassage verpasst, danach fühlte ich mich wie neu. Außerdem wurde ich geschminkt. Angeblich habe ich hübsche grüne Augen und markante Wangenknochen.

Um meinen Siebenundsiebzigsten zu feiern, gingen wir Kleider kaufen. Ein sehr elegantes Kostüm. Ich weiß ja nicht, aber solltest du mal heiraten, könnte ich das als Bräutigam-Mutter anziehen. Und dann noch ein paar Schuhe und eine passende Damenhandtasche. Marina hat alles bezahlt. Dabei sind wir gar nicht so eng befreundet. Ich wollte es nicht zulassen. Das machst du nur, weil ich dir leidtue, hab ich zu ihr gesagt. Und sie hat gelacht und es abgestritten. Sie mache das, weil ich sie von Kater Milan befreit hätte. Und weil ich mir beim Essen die ganze Geschichte ihrer beschissenen einvernehmlichen Scheidung angehört habe. Das waren ihre Worte gewesen, ich würde mich nicht so ausdrücken, das weißt du.

Und dann haben wir meinen achtundsiebzigsten Geburtstag in der Casa Solla gefeiert. Ach, mein Sohn! Jeder sollte vor dem Sterben einmal dieses Menü gegessen haben. Ich hab das jetzt schon hinter mir. Das mit dem Essen meine ich, nicht das Sterben. Ich weiß, ich hab immer gesagt, dass nichts über einen guten Eintopf geht und dass sie mir wegbleiben sollen mit diesen Riesentellern, auf denen dann in der Mitte so eine Spielzeugmahlzeit liegt. Aber reden und ausprobieren sind zwei verschiedene Dinge. Ich glaub, ich bin mit ein paar Wochen Vorlauf in den Himmel gekommen.

Und zu meinem neunundsiebzigsten Geburtstag genehmigten wir uns auf einer Terrasse in Vigo so einen Gin Tonic. Am Strand von Samil. Vor uns die Cíes-Inseln.

Und zu meinem achtzigsten Geburtstag, sagte Marina zu mir, da hätte sie eine ganz besondere Überraschung. Und als wir zurück in ihrer Wohnung waren, ging sie mit mir an ihren Computer.

Und da war er dann.

Vicente.

Er blies die Kerzen zu seinem achtzigsten Geburtstag aus. So viele wie ich, die ich in einem Tag fünf Geburtstage zurückgelegt hatte. Alt. Mit weißem Haar. Aber immer noch dasselbe Lächeln. Er lächelte immer, weißt du? Er hat zwei Söhne. Drei Enkel. Ist wahrscheinlich auch Witwer. Von seiner Frau hab ich nichts gesehen.

Und während ich weinte und dieses sündhaft teure Make-up ruinierte, erklärte mir Marina, das seien Fotos, die sein Enkel gemacht habe. Die habe sie auf diesem Facebook gefunden. Deshalb hatte sie mich auch nach seinem kompletten Namen gefragt. Es sei gar nicht so schwierig gewesen.

Es ist mir egal, ob das schwierig war oder nicht. Ich bin ihr so dankbar, dass ich gar nicht weiß, was ich sagen soll. Wenn ich ihr doch nur erklären könnte, wie ich mich fühle. Aber ich kann nur heulen.

Und jetzt ist Marina gegangen, und ich heule immer noch. Aus vielen Gründen. Die Frau im Spiegel ist mir irgendwie fremd, so elegant, sie sieht aus wie eine der Darstellerinnen aus dem Denver-Clan. Wie hieß sie noch? Alexis Carrington.

Und dann denke ich, wie sehr ich diesen Tag genossen habe.

Ich sage mir, jawohl, jetzt kann ich in Frieden sterben.

Buntstifte und Kichererbsen

Sara

Das mit dem Zumba-Kurs war eine Katastrophe. Jogging ist eine Sache, aber Tanzen fällt mir sehr, sehr schwer. Den Nähkurs hab ich gar nicht erst ausprobiert.

Ich muss unter Drogen gewesen sein, als ich die Kursgebühr bezahlt habe. Zu dem Lesezirkel gehe ich noch manchmal. Zurzeit verbringe ich viele Nachmittage zu Hause mit Rubén. Er geht nicht gern raus. Er liest viel, also mache ich das jetzt auch öfter. Bei *Candy Crush Saga* habe ich inzwischen tausend Leben. Außerdem gehe ich zweimal am Tag mit Camilo Gassi.

Mit Rubén ist es seltsam. Er spricht kaum. Aber kaum bin ich zur Tür raus, bombardiert er mich mit WhatsApp-Nachrichten. Ich habe gerade zwei Stunden am Handy gehangen. Und trotzdem, wenn ich dann bei ihm bin, nix. Wie du siehst, macht auch er mit mir so eine Art zeitverschobene Therapie.

Da wir schon von Therapien sprechen: Ich habe meine Medikamente abgesetzt. Habe sie ausgeschlichen. Schließlich hast du auch immer gesagt, ich soll die Dosis runtersetzen. Mein Hausarzt ist einverstanden.

Letztlich hast du recht gehabt. Etwas zu tun zu haben war für mich die beste Medizin.

Mit der Tafel mache ich weiter. Ich bin sogar einer NGO beigetreten. Das habe ich gemacht, weil eine Frau, die auch als

Freiwillige bei der Tafel arbeitet, uns alle dazu gezwungen hat. Na ja, gezwungen nicht wirklich, aber ihr Sohn ist halt Arzt und arbeitet da. Und so kam eins zum anderen. Ich habe die Patenschaft für einen Jungen übernommen. Er heißt Omar. Er lebt in der Westsahara. Und dank mir bekommt er jetzt Papier und eine Schachtel Buntstifte, damit er zur örtlichen Schule gehen kann.

Omar hat mir eine Karte geschickt, auf die er einen grauen Himmel voller Möwen gezeichnet hat. An den rechten Rand hat er »Galicien« geschrieben. Und »Für Sara« an den linken.

Wie einfach es ist, jemanden glücklich zu machen. Man braucht nur zu einer Tafel zu gehen und vierzig Teller mit Essen zu füllen, ein paar Tische abzuräumen, einen Stapel Geschirr zu spülen. Man braucht nur zwanzig Euro im Monat auf das Konto einer NGO zu überweisen.

Man sagt, es stärkt die Menschen, wenn sie Gutes tun. Aber du wirst es nicht glauben, ich bekomme davon nur fürchterlich schlechte Laune. Was ich wirklich will, das ist, am anderen Ende der Schlange zu stehen. Ich wünschte mir, jemand könnte mit einer einfachen Geste, indem er einfach die Hand ausstreckt, all meine Probleme lösen.

Ich wünschte, jemand würde Rubén seine Beine zurückgeben. Und wo wir schon beim Wünschen sind: Es wäre schön, wenn Camilo aufhören würde, aufs Sofa zu pinkeln.

Big Brother

Viviana

Eine der Irinas, Milenka, wird bei einer Realityshow mitmachen. Gestern haben wir ihr Abschiedsfest gefeiert. Ich habe mit dem Thermomix einen Drei-Schokoladen-Kuchen gebacken, und Roscof hat eine Runde geschmissen. Cava auf Rechnung des Hauses. Dabei ist er doch so geizig. Ich habe Milenka gebeten, dass sie, falls sie im Fernsehen über ihre Vergangenheit sprechen sollte, laut den Namen »Xanadú« sagt und dabei direkt in die Kamera blickt.

Sie sagt, sie habe nicht vor, über ihre Vergangenheit zu sprechen. Als wüssten wir nicht, warum man sie bei der Realityshow haben will. Erst wird sie das hübsche Mädchen mit den blauen Augen und der umwerfenden Figur sein. Am dritten Tag wird sie einem Jungen mit Namen Toni oder Johnny zu Füßen liegen. Danach wird jemand (so einen Jemand gibt es immer) behaupten, Milenka sei gar keine Erasmus-Studentin. Sie sei eine Nutte. »Und wenn sie an diesem Punkt angelangt ist, musst du gut über das Xanadú reden«, sagt Roscof zu ihr.

Das wird nicht geschehen, sagt Milenka. Und redet von dem, was danach kommt. Vielleicht wird sie ja auf der Titelseite von *interviú* landen. Für dreitausend Euro den Abend auftreten. Weiter als Nutte arbeiten, aber für tausend Euro pro Kunde ... Die Möglichkeiten sind endlos, sagt sie und lacht.

Ich denke mir, wie seltsam diese Welt doch ist. Wie ist es möglich, dass eine junge Frau aus Odessa und eine andere aus Loira in Madrid einen Drei-Schokoladen-Kuchen essen, der in einem Thermomix (im Wert von fünfzehn Ficks und sieben Blowjobs) hergestellt wurde, und sich wünschen, dass eine von ihnen auf die Titelseite einer Zeitschrift kommt und dort der Name »Xanadú« genannt wird.

Du könntest Konditorin sein, meinte Roscof. Ich könnte, Papa. Ich könnte so vieles sein. Teilnehmerin einer Reality-show. Konditorin, Angestellte bei IKEA, Lehrerin wie Inés, selbstlose Tochter, die ihre Mutter pflegt, Arztgattin, Besitzerin deiner Eisenwarenhandlung.

Die Möglichkeiten sind grenzenlos.

Möglicherweise.

Ich bin nicht mehr die Frau,
die der Kater Milan nicht ausstehen kann

Marina

Ich habe Rodrigo gebeten, Milan bei Carmela zu lassen. Bis wann? Bis zum Tod.

Und so kam es dann auch.

Aber es war nicht Carmela, die starb.

Sondern der Kater Milan. Man hat es ihm angesehen und zugleich auch nicht. Carmela hat ihn uns gestern Nachmittag gebracht. Die Augen fast geschlossen. »Er wollte keinen Fisch fressen«, sagte Carmela ernst. Wir riefen augenblicklich Diego an. Aber es war nichts mehr zu machen.

Wir benachrichtigten Rodrigo, dann gaben wir dem Kater eine tödliche Spritze. Diego versicherte uns, er werde nicht leiden. Das tat er auch nicht. Nur wir anderen.

Rodrigo litt, denn ihm war schlagartig klar geworden, dass er Milan zugunsten von Ramón im Stich gelassen hatte. Als gäbe es neben dieser Liebe keinen Platz für weitere Zuneigung.

Carmela litt, weil sie sich wünschte, auch einfach so gehen zu können, in Gelassenheit, mit Ruhe und Würde.

Diego litt. Weil er machtlos war. Weil er nichts gegen meinen Schmerz tun konnte, so wie er auch andere Schmerzen nicht hatte heilen können.

Ich litt, als mir klar wurde, dass ich diesen alten brummigen Kater gemocht hatte. Und weil ich nach dieser Erkenntnis die Verlässlichkeit meiner Gefühle in Frage stellte und mich fragte, wie sehr ich mich hinter dem verschanzte, was ich lediglich zu fühlen glaubte, und wie real mein Hass auf Milan eigentlich gewesen war. Und meine Liebe für dich? Wahrscheinlich ist auch das nur eine alte Obsession. Der Beweis, dass ich nichts als ein unverbesserlicher Sturkopf bin.

Ich muss endlich begreifen, dass ich dich vielleicht, aber nur vielleicht, schon nicht mehr liebe.

Schwarzer Schatten

Carmela

Hallo, mein Schatz!

Heute hast du mir erzählt, dass dir ein Kind gestorben ist. Und dass du schuld daran warst. Als wüssten wir nicht alle beide, dass ihr Ärzte keine Schuld tragt. Du bist nicht der Herrgott, mein Sohn. Du musst an all die Menschenleben denken, die du gerettet hast. Du bist ein Mensch. Wir sind alle Menschen. Wir machen Fehler. Wer weiß, ob ich nicht gerade den Fehler meines Lebens mache, indem ich meine letzten Tage nicht zusammen mit dir verbringe. Indem ich dir diese Entscheidung vorenthalte. Denn ich treffe für dich eine Entscheidung. Wie früher, als du klein warst und ich entschieden habe, was auf den Tisch kam oder was du dir anziehen sollst.

Aber jetzt bist du ein Mann. Ich weiß, dass ich dich wie einen Erwachsenen behandeln sollte und nicht wie mein Kind.

Dann müsste ich dir auch sagen, dass Alicia mich vor fünf Jahren an Weihnachten angerufen hat.

Ich weiß nicht, ob du mir alles wirst verzeihen können.

Und wenn es so ist, wenn du auf mich wütend bist, dann musst du wissen, dass du mir sehr wohl die Schuld geben kannst. Aber dir selbst musst du verzeihen, das mit dem Jungen.

Denn wie es scheint, haben wir über uns einen schwarzen Schatten, wie es in dem Lied[5] heißt.

Mir ist der Kater gestorben. Ich weiß schon, das muss dir jetzt wie eine Beleidigung vorkommen, dass ich den Tod eines Tieres mit dem Tod eines Kindes vergleiche, aber ich kann einfach nicht verstehen, was dieser Gott tut. Falls es ihn gibt. Ich weiß, dass ich jedes Mal, wenn ich »Gott« sage, hinterherschicke »falls es ihn gibt«. Aber ich kann es eigentlich nur noch bezweifeln. Ich kann verstehen, dass ich sterben soll. Aber es kommt mir so vor, als würde das Schicksal mich die ganze Zeit auf die Probe stellen.

Weshalb ich am Ende denke, der arme Kater sei nur gestorben, weil er sich an mich gehängt hat. Und so glaube ich auch nicht an Gott. Oder doch. Woran ich jedenfalls immer noch glaube, ist, dass alles, was passiert, für etwas gut ist. Dass dieses Kind gestorben ist, damit du ein besserer Arzt wirst. Dass Milan gestorben ist, um mir zu zeigen, dass der Tod uns alle holt. Es ist egal, ob du das längst schon weißt oder nicht. Er holt uns alle, und damit basta.

Und dank meiner Krankheit sind mir gute Dinge widerfahren. Wirklich gute Dinge. Ich habe Marina kennengelernt. Habe Vicente wiedergefunden. Nur ein kleines bisschen. Aber es hat mir genügt. Dank dieser Krankheit habe ich dir von deinem Vater erzählen können. Und von mir. Und vielleicht kann ich sogar dieser jungen Frau von der Tafel helfen. Heute habe ich ihr eine solche Gardinenpredigt gehalten, dass sie noch eine ganze Weile was zum Nachdenken hat. Du siehst, man hat mich bisher völlig verkannt. Ich predige schon wie ein Pfarrer.

5   »Negra sombra«, in *Cantares gallegos (Galicische Gesänge)*, von Rosalía de Castro, 1863.

Siehst du? Wenn ich nicht krank geworden wäre, würde ich jetzt immer noch strickend vor der Vorabendfernsehserie hocken. Und nur aus dem Haus gehen, um am Samstag mit deiner Tante Dorinda Karten zu spielen.

Stellen wir uns besser vor, dass dieser schwarze Schatten nicht ganz so schwarz ist.

Stellen wir uns vor, dass es einen Gott gibt. Nur für den Fall der Fälle.

Geständnisse und Fairy

Sara

Rubén ist gegangen. Ohne mich. Nach Santiago, in eine Klinik, die angeblich große Erfolge bei Personen erzielt, deren Beine gelähmt sind.

Ich wollte ihn begleiten.

Er wollte das nicht.

Schluss. Ich werde nicht mehr mit dir über diese Sache reden.

Wir telefonieren immer noch stundenlang übers Handy miteinander. Aber ich fühle mich allein. Bei der Tafel gibt es neue Mitarbeiter. Und Carmela, die Frau, die einen Sohn bei der NGO hat, wird demnächst nicht mehr kommen. Sie ist krank. Das hat sie mir heute erzählt, während wir Geschirr gespült haben. Einfach so. »Wie viele Leute in letzter Zeit hierherkommen! Was für eine Schande. Und sie werden immer jünger, haben immer weniger Hoffnung. Wie traurig ist das, meine Liebe. Wenn man das mit ansieht, dann fällt einem das Sterben schon nicht mehr so schwer.« Und dann bat sie mich, ihr noch etwas Fairy zu geben.

Scheiße, Bruno. Sie stirbt echt. Als könnte man auch unecht sterben. Na ja, vielleicht kann man das auch. Ich hab's gemacht.

Wir haben uns Fotos von ihrem Sohn angesehen, er ist da unten, in der Wüste. Ich kenne ihn. Und du sicher auch.

Er ist ein ganzes Stück älter als wir, aber er hat einen Neffen, der mit dir Handball gespielt hat, in der Jugendmannschaft von Teucro. Er heißt Manuel. Und ist der Cousin von Miguel. Erinnerst du dich an ihn?

Falls du dich fragst, warum ihr Sohn sie allein lässt, wo sie doch stirbt, musst du wissen, dass er gar nichts davon weiß.

»Ich sterbe lieber ganz still und leise«, hat sie zu mir gesagt.

Und wie sie mich dabei angesehen hat, da war mir klar, dass ihr wahrscheinlich jemand was über mich erzählt hat.

Dass ich ganz laut sterben wollte. Mit dem lautesten Donnergrollen.

Und so war's ja auch, Bruno. Ich wollte sterben, damit alle anderen leiden.

Ich wollte, dass mein Vater davon erfährt und sich schuldig fühlt, weil er mit einer anderen ins Bett gegangen ist, die noch nicht einmal dem Stereotyp entspricht, keine Zwanzigjährige, die einem Fünfundfünfzigjährigen den Kopf verdreht hat.

Ich wollte, dass meine Mutter es erfährt, damit ihr klar wird, dass sie nicht genug für mich getan hat. Dass ein Haus in Sanxenxo nicht ihre Hauptsorge sein kann.

Ich wollte, dass Rubén versteht, dass irgendetwas schiefgelaufen ist. Er sollte mir beweisen, dass unsere Geschichte gut ausgehen würde. Dass er mich nicht nach dreißig Jahren wegen einer vierzigjährigen Versicherungsmaklerin verlassen würde, wie mein Vater es getan hat.

Ich wollte so einiges.

Das alles hab ich Carmela erzählt, und ich glaube, sie hat mich verstanden.

Du ahnst nicht, wie weit man mit einem Spritzer Fairy kommt.

Hypotheken

Viviana

Ich komme gerade von der Bank. Ich habe meine Schulden getilgt. Hunderttausend Euro. Einen nach dem anderen. Euro für Euro. Cent für Cent. Nur ich weiß, was hinter diesem Geld steckt. Unmöglich, die Männer zu zählen, die Nächte im Xanadú, die Seitenblicke auf den Chronometer, die Blowjobs, die Kondome, das Gleitmittel, die Fahrten mit der Metro oder dem Bus, die Irinas, die in mein Leben getreten sind und es wieder verlassen haben.

Wenn man das so erzählt, klingt es schmutzig. Aber ich bin trotzdem stolz, Papa. Stolz darauf, dass du nie erfahren hast, was dieser Schweinehund mir angetan hat. Was er dir hat antun wollen.

Ich habe ihn angerufen. Ich habe ihn angerufen, denn zum ersten Mal in meinem Leben wollte ich seine Stimme hören. Mich an den Tag erinnern, an dem er mir gesagt hat, mir würde sowieso niemand einen Kredit gewähren. Ich hätte nichts, worauf ich eine Hypothek aufnehmen könnte. Und dass ich, selbst wenn ich einen bekäme, ihn nicht zurückzahlen könnte.

Er hat sich geirrt.

Ich habe eine Hypothek auf mich selbst aufgenommen.

Ich habe ihn angerufen, ihn aber nicht zu Wort kommen lassen. Ich habe ihm nur gesagt, jetzt wär es geschafft. Dass ich ihm nichts mehr schulde. Und aufgelegt. Ohne ihn antworten zu lassen. Aber ich habe mir noch die Zeit genommen, ihn am anderen Ende des Telefons atmen zu hören. Und fast habe ich wieder seinen warmen Atem in meinem Rücken gespürt.

Wir sind frei, Papa.

Frei.

Und wie zum Teufel soll ich Roscof jetzt sagen, dass ich gehen möchte?

Lektionen von Graf Dracula

Marina

Als ich klein war, war ich absolut vernarrt in die Sesamstraße. Ich verbrachte meine Nachmittage mit einem großen gelben Vogel. Und das erschien mir normal.

Genauso normal fand ich, dass es ein blaues Monster gibt, das sich von Keksen ernährt. Vielleicht ist es mir deshalb nicht komisch vorgekommen, mich drei Monate lang von Cornflakes (die ich nicht mag) und aufgewärmter Lasagne zu ernähren.

Dieses glatzköpfige Kerlchen, das Grobi heißt, mochte ich sehr. »Guten Tag, ich soll mit euch über nah und weit weg reden.« Und dann erklärte er den Unterschied zwischen nah und fern. Darin hast du mir auch einige Lektionen erteilt.

Aber mein absoluter Liebling war Graf Zahl. Ein neurotischer Graf Dracula mit einer Art Zwangsstörung. Er hatte einen Zählzwang, er zählte einfach alles. Vögel, Bonbons, Tennisbälle. Und er zählte auf eine sehr lustige Weise, indem er jeder Zahl Adjektive hinzufügte. Eins. Ein wunderschöner Tennisball. Zwei. Zwei außergewöhnliche Tennisbälle ... bis er bei zehn angelangt war.

Mit ihm habe ich das Zählen gelernt.

Und heute werde ich dir beweisen, wie gut ich zählen kann:

- In der düsteren Phase: eingeschlossen im Wohnzimmer, fernsehschauend und Cornflakes essend. Drei Monate. Drei Monate, in denen ich japanische Messer und Aufbewahrungsdosen kaufte. Drei Monate. Drei düstere, lange und beschissene Monate.
- Zurück zur Arbeit ohne Rodrigo, der mit seinem Ramón in ausgerechnet jenem Griechenland war, das früher unser Griechenland war. Zwei Monate. Zwei seltsame und außergewöhnliche Monate.
- Unterzeichnung unserer einvernehmlichen Scheidung. Damit begann eine neue Phase ohne dich. Wenn ich mich nicht verzählt habe, sind weitere zwei Monate vergangen. Zwei vielversprechende und aufschlussreiche Monate.

Und jetzt werde ich beweisen, dass ich auch zusammenzählen kann: drei plus zwei plus zwei.

Sieben.

Und jetzt sei bitte so lieb und erkläre mir, wie viel noch fehlt, bis deine neue Freundin auf der Showbühne auftaucht?

Freundinnen und Nudelsuppe mit Venusmuscheln

Carmela

Hallo, mein Schatz!

Ich bin bei Marina. Sie hat heute ziemlich großen Ärger gehabt. Und ich hab mich sehr gefreut. Ach, mein Lieber! Dass du eine Freundin hast! Und ich habe sie gesehen, hier, im Facebook von Marina. Valeria. Eine Italienerin. Mensch, was soll ich sagen? Sie gefällt mir. Klar tut sie das. Sie ist hübsch, hat eine gute Figur. Und einen guten Beruf. Sie ist Ärztin wie du. Ich bin so überrascht! Ich weiß nicht, was ich sagen soll. Oder was ich tun soll. Mein Körper sagt mir, lauf schnell in sein Haus und nimm die Telefonnummer von Alicia wieder aus der Schachtel. Ich weiß nicht. Ich weiß nicht, was ich tun soll. Ich weiß nicht, ob ich womöglich dein Glück zerstöre.

Besser, ich lasse die Nummer, wo sie ist. Die Entscheidung musst letztendlich du treffen. Ich muss aufhören, für dich Entscheidungen zu treffen. Vielleicht musst du dich deiner Vergangenheit stellen, wenn du im Leben weiterkommen willst.

Ich denke über die Dinge nach, die du mir am Telefon erzählt hast. Dass sie Kinder mag. Dass sie eine sehr gute Ärztin ist. Kinderärztin. Dass sie sehr professionell ist. Ach, mein Schatz, du siehst eher aus, als wärst du ihr Patient und nicht ihr Freund. Eigentlich würde ich gern ein paar Dinge über sie wissen, mein Sohn. Aber es bleibt schon keine Zeit mehr. Nicht mehr.

Weißt du, wie viele Jahre ich auf so eine Nachricht gewartet habe? Und trotzdem, ich sehe mir gerade auf Marinas Computer das Foto an und habe das Gefühl, dass da etwas nicht stimmt. Ich kann es nicht recht erklären. Ich finde, dass diese junge Frau sehr viel lächelt. Sie ist hübsch. Sehr hübsch. Wirklich. Ich höre mir alles an, was Marina mir über deine Freundin erzählt. Und wie es scheint, hat diese junge Frau alles, was es braucht.

Jetzt weiß ich, was nicht stimmt.

Sie wirkt glücklich.

Das ist es, was nicht stimmt.

Du nämlich nicht.

Ich behaupte nicht, dass du nicht glücklich bist. Nur, dass du nicht so wirkst. Du lächelst wenig. Sie ist es, die lächelt. Sie ist es, die dir den Arm um die Schulter legt. Sie ist es, die dich auf die Wange küsst. Sie ist es, die das Daumen-hoch-Zeichen in die Kamera hält.

Das ist es, was seltsam ist, denn du warst immer derjenige, der die Welt retten wollte. Vielleicht bist du jetzt derjenige, der Hilfe braucht, mein Sohn. Es war schwer, dir zuzuhören, als du gesagt hast, dass du an Weihnachten kommen willst und sie dich begleiten wird. Dass du dir wünschst, dass ich euch Nudelsuppe mit Venusmuscheln koche. Und Miesmuschel-Empanadas mache. Dass du es kaum erwarten kannst, ihr Pontevedra zu zeigen. Dass ihr Heiligabend und die Feiertage hier verbringen werdet, dann Silvester in Italien.

Und wieder die Lügen. Dass wir sie Tante Dorinda vorstellen werden. Dass ihr mich vielleicht nach Italien mitnehmen werdet. Dass heute ein schöner Tag war. Na ja, das Letzte stimmt wenigstens.

Und hier sitzen wir nun, Marina und ich, und trinken Kaffee. Sag was, Marina.

»Hallo, Manuel, ich bin's, Marina. Ich glaube, deine Mutter hat dir schon von mir erzählt. Glückwunsch zu deiner neuen Freundin, sehr hübsch. Ich bin schon deiner Organisation beigetreten. Ich verspreche dir, ich werde Rodrigo auch dazu überreden. Und hör nicht auf das, was deine Mutter erzählt. Ich bin eine sehr gute Nachbarin.«

Na, hör mal, ich habe doch nie etwas anderes behauptet!

Ach, mein Schatz, was für einen Unsinn reden wir da, denn wenn du das anhörst, dann kennst du Marina sicher schon. Dann wirst du auch schon wissen, dass wir Weihnachten nicht mehr zusammen feiern können. Im Grunde will ich gar nicht daran denken. Aber eins werde ich machen. Ich werde eine Nudelsuppe mit Venusmuscheln kochen. Einen großen Topf voll, und dann einfrieren. Ich bin mir sicher, das wird deiner Freundin schmecken.

Weißt du, ob man Mais-Empanadas einfrieren kann?

Selbst gewähltes Exil

Sara

Ich bin in Sober.

Mach dir keine Sorgen. Ich bin nicht im Exil. Diesmal war es freiwillig. Papa und Mama haben die Scheidungsdokumente unterzeichnet. Papa war alles egal, solange er nur mit Lola abhauen konnte (Himmel, was für ein vulgärer Name!). Wenn sie wenigstens Elisa oder vielleicht Sofia heißen würde, dann könnte ich sie ein bisschen mehr respektieren.

Mama hat alles bekommen.

Den Porsche Cayenne, die Villa in la Caeira, die in Sanxenxo, die Wohnung in Santiago und zweitausendfünfhundert Euro im Monat.

Und sie hört nicht auf zu weinen. Den lieben langen Tag.

Letzte Woche habe ich in ihren Augen diesen Ausdruck gesehen, den ich so gut kenne. Deshalb habe ich sie angeschwindelt, Oma Aurora hätte mich angerufen, und dann habe ich sie hierhergeschleppt.

Es geht uns überhaupt nicht schlecht. Großmutter ist erstaunlich nett zu Mama. Wir gehen jeden Tag spazieren. Camilo ist groß geworden und saust wie wild über die steinigen und bemoosten Wege. An einem dieser Wege ragt ein Petroglyph aus dem Boden oder ein Burgwallgrab. Davon gibt es viele hier. Sie lassen mich sogar wieder nach Monforte gehen. Ich sollte besser sagen, dass sich niemand mehr darüber

Gedanken macht, was ich tue und was nicht. Ich fahre hin, wann immer ich meine Dosis Asphalt brauche (mindestens jeden zweiten Tag), und Mama kriegt ganz schlechte Laune, wenn sie sieht, wie ich der Oma helfe. Und was ich esse. Gestern habe ich sie zum Einkaufen mitgenommen und ihr eine Running-Klamotten-Kombi gekauft, denn für ihre fünfundfünfzig Jahre sieht sie noch sehr gut aus. Im grellsten Neon-Outfit, das ich finden konnte. Und für mich auch. Es gibt Dinge, die man für seine Mutter tun sollte, vor allem, wenn man entdeckt, dass Mütter noch immer Frauen sind, auch wenn sie das eines Tages vergessen haben.

Glaub bloß nicht, dass ich ihr schon jeden Unsinn durchgehen lasse, aber egal, ich kann ja nicht einfach ignorieren, wie sie sich fühlt. Nämlich genau wie ich damals, als ich entdeckte, dass H. Ríos (Hugo/Heriberto/Higinio oder wie auch immer er geheißen hatte) nicht mehr an der Tankstelle beim Kreisverkehr arbeitet.

So wie ich mich gefühlt habe, als Rubén beschloss, dass er seinen Kampf lieber allein führen will.

Gut, darüber will ich nicht mit dir sprechen.

Ich könnte mit dir darüber reden, ob du nicht vielleicht Mama therapieren solltest. Ihr muss allmählich mal klar werden, dass diese Scheidungsvereinbarung, um die sie ein Jahr gekämpft hat, sie nicht glücklich machen wird.

Wie einfach wäre alles, wenn man das Glück in einer zweiseitigen Vereinbarung zusammenfassen könnte. Aber sie wird merken, dass diese Vereinbarung gar nicht das ist, was sie wollte. Sie wollte Papa eins auswischen. Und das ist ihr nicht gelungen.

Jetzt muss sie nur noch herausfinden, was sie wirklich will. Über meinen Vater und Lola hinaus. Über diese Scheidungsvereinbarung hinaus.

Und das wird nicht leicht sein.

Davon kann ich ein Lied singen, schließlich spreche ich seit sieben Monaten mit einem Anrufbeantworter.

Über die Liebe und den Sex

Viviana

Letztens habe ich dir erzählt, ich hätte schon mit so vielen Männern geschlafen, dass ich sie nicht mehr zählen könnte.

Sehr wohl kann ich dir aber den einen Mann nennen, mit dem ich nicht geschlafen habe: Manuel.

Wie absurd, was für ein alberner Witz, nicht wahr?

Wenn ich daran denke, dass ich mit ihm nicht teilen wollte, was ich auch mit dem Onkel gemacht hatte. Und er hat mich geliebt. Er hat mich wirklich geliebt. Als ob man sich unwirklich lieben könnte. Er hatte mich ganz verdient. Und ich habe mich ihm verweigert.

Und du hast nur mit ihr geschlafen. Da bin ich mir sicher. Du hast immer gesagt, sie sei deine einzige Freundin gewesen. Die einzige Frau, die du geliebt hast. Deine Dorna. Sie hat dich nicht verdient, aber du hast sie geliebt, mit Haut und Haar.

Verstehst du endlich, dass nichts einen Sinn hat?

Ich erinnere mich an das Begehren in Manuels Augen.

Es waren Augen voller Liebe. Ich habe nie wieder einen solchen Blick auf mir gespürt. Männer schauen Frauen wie mich nicht an. Sie schließen die Augen. Und bezahlen. Wenigstens bezahlen sie.

Und jetzt sehen diese Augen eine andere an. Diese Frau, die auf seinem Facebook-Profilfoto neben ihm zu sehen ist, unter einem unendlich blauen Himmel. Einem Himmel, wie es in Galicien keinen gibt.

Wie absurd.

Wie absurd ist diese metallische Stimme, die immer wieder sagt: »*Der gewünschte Gesprächspartner antwortet nicht. Hinterlassen Sie eine Nachricht nach dem Signalton.*«

Wie absurd, dass Mama immer noch lebt und trotzdem niemand zu Hause ist, um an dieses Telefon zu gehen.

Wie absurd alles ist, Papa.

Excusatio non petita, accusatio manifesta

Marina

Als du mich vom Türsprecher aus angerufen hast, wusste ich, dass du gekommen bist, um es mir zu erzählen. Ich wusste, dass du mir Erklärungen liefern würdest. Und dass diese Erklärungen wehtun würden.

Und das taten sie auch.

Es schmerzt mich nicht, dass du mit einer anderen Frau zusammen bist. Ich bin mit Diego zusammen. Seit dem Moment, in dem ich unsere wundervolle einvernehmliche Scheidung unterzeichnet habe, wusste ich, dass das geschehen würde.

Diese monatelangen Schuldgefühle tun weh. Seit Monaten lebe ich in einer Welt des Konjunktivs. Meine Gedanken beginnen allesamt mit »Was wäre, wenn ... «

Was wäre, wenn ich es ignoriert hätte, dass Quinque mit mir schlafen will?

Was wäre, wenn ich noch einmal zu dem unglücklichen 26. Mai zurückkehren könnte?

Was wäre, wenn ich seine Einladung zum Kaffee, diesmal einem echten Kaffee, abgelehnt hätte?

Was wäre, wenn ich nicht einverstanden gewesen wäre, mit zu ihm nach Hause zu gehen?

Was wäre, wenn ich dir nicht am nächsten Tag alles erzählt hätte?

Was wäre, wenn ich mich bei dir entschuldigt hätte und einverstanden gewesen wäre, dass wir das Kind bekommen, das du dir wünschst?

Und wenn ich dieses Kind geliebt hätte, als wäre es unser beider Wunschkind?

Und wenn ich dich angelogen und dir gesagt hätte, dass du recht hast, dass meine sture Weigerung, Kinder zu kriegen, nur eine Pose war? Wie hast du das noch mal genannt? Pseudointellektuell?

Wenn ich einige dieser Entscheidungen ändern könnte, dann wärest du noch bei mir.

Es war deine Schuld, Marina, so dachte ich. Es war deine Schuld, Marini, sagten deine Augen.

Dabei ging es nicht um Schuld. Es ging um Entscheidungen. Am Ende hast du beschlossen, dass du eine Familie willst. Und es war dir egal, mit wem. Nur haben wolltest du eine. Und als ich noch dabei war, mich von meinen Sünden zu reinigen, warst du schon dabei, eine Zukunft ohne mich aufzubauen. Während ich den Weg nach Compostela fuhr und den verfluchten Coldplay-Song hörte, um in einem Mercadona einkaufen zu gehen, in einem sinnlosen Versuch, Buße zu tun, da gab es dieses Kind schon (das von dir und dieser Frau). Als du mich angerufen und auf meiner Mailbox die Nachricht hinterlassen hast, »Ich liebe dich, Marini«, da gab es schon keinen Weg mehr zurück.

Weißt du, dass Anwälte und Psychologen sich ähnlich sind? Und Scheidungsanwälte erst recht. Ich bekomme in meiner Kanzlei, in dieser »New Yorker Grau«-Atmosphäre, die erstaunlichsten Geschichten zu hören. Geschichten, wie du sie mir heute erzählt hast. Ich habe Männer und Frauen vor mir sitzen sehen, die sagten: Es war meine Schuld, es war seine Schuld, die Schuld seiner Mutter, der Alkohol war schuld…

Und weißt du, was ich immer antworte? Dass es keine Schuld gibt. Dass man bei Scheidungen keinem die alleinige Verantwortung zuschieben kann.

Warum konnte ich meinen eigenen Worten nicht glauben? Warum trage ich seit sieben Monaten diese Schuld mit mir herum?

Das ist es, was so schmerzte, Jorge. Nicht dass sie die Frau deines Lebens ist. Auch das hast du mir gesagt. Das wird vorübergehen. Auch diese Angst, die ich gerade empfinde, wird vorübergehen. Ich habe sie übrigens sofort erkannt. Es ist »die Wucht«. Die bei den Crunches und Squats einen Rekord nach dem anderen aufgestellt hat. Das wusste ich, weil sie mich so angesehen hat, als ich an ihr vorbeiging. Ich erinnere mich, dass du mir von ihr erzählt hast, von ihrem Wunsch, die Nr. 1 zu werden. Und dass dir das damals nicht gefiel. Sag ihr einen schönen Gruß. Und dass sie gewonnen hat. Dich hat sie gewonnen.

Und weißt du was, Jorge? Was mich wirklich schmerzt, ist, dass du mich nicht geliebt hast, so wie ich dich geliebt habe. Und dass du mich belogen hast. Ich habe dich nie belogen.

Ich hätte dir das alles so gern von Angesicht zu Angesicht gesagt, aber ich habe mich so daran gewöhnt, mit dieser Mailbox zu sprechen, die jetzt mir gehört. Ich habe dich reden lassen, ohne dich zu unterbrechen. Ich wusste, dass nichts von dem, was du sagst, etwas daran ändern würde an dem, was ich fühle.

Was bleibt, sind deine ganzen Erklärungen.

Soweit ich mich erinnern kann, hat dich niemand darum gebeten.

Reden, ohne was zu sagen

Carmela

Jetzt ist es so weit, mein Sohn. Jetzt kann ich in Frieden sterben.

Es war schön, noch einmal mit Vicente zusammen zu sein. Wie er mich ansah. Wie er seine Hand ausstreckte, um meine Wange zu berühren. Für einen Augenblick dachte ich, er werde sich vorbeugen, um meinen Knöchel mit einem Taschentuch zu verbinden. Ich wollte es ihm erzählen, aber er ließ mich nicht. Er hob den Zeigefinger und versiegelte meine Lippen. Und dann ergriff er meine Hand, und wir setzten uns auf eine Bank. Eine Bank, die vor der Tür meiner Mutter stand. Ich genoss die Berührung seiner Hand, die auf der meinen lag. Es waren andere Hände. Diese Hände hatten ein ganzes Leben hinter sich gebracht. Wir beide hatten ein ganzes Leben hinter uns gebracht. Und trotzdem war ich einen Moment lang das zwanzigjährige Mädchen. Ich wollte ihm sagen, dass ich ihn liebe. Und ich glaube, ich habe es ihm gesagt, auch wenn ich mich nicht erinnern kann, gesprochen zu haben.

Und so verging der Nachmittag. Eine Stunde, zwei, drei. Wir sprachen miteinander, ohne zu sprechen. Hörten einander zu, ohne uns zu hören.

Dann wachte ich auf.

Ich begann zu husten, und mir blieb die Luft weg. Ich bekomme immer noch keine Luft.

Ich glaube, das war kein Traum. Vielleicht war es eine göttliche Eingebung. Falls es Gott gibt.

Ich bekomme keine Luft, mein Sohn. Und ich habe noch Leben in mir.

Ich bin schweißgebadet. Ich glaube, ich habe Fieber.

Ich werde Marina anrufen.

Allein

Sara

Rubén hat mich gerade angerufen.

Es gehe ihm besser. Und er wolle mich nicht heiraten. Und ...

Scheiße. Ich kann das nicht.

Das kann ich dir nicht erzählen.

Ruf mich nicht an. Mach dir keine Sorgen, Bruno. Mir geht es gut. Ich bin in Ordnung. Ich will es dir nur nicht erzählen.

Teufelskreis

Viviana

Die Frau, von der ich dir gestern erzählt habe, die neben Manuel auf seiner Facebook-Seite erscheint, hat ein paar unglaublich blaue Augen, fast wie eine Irina. So reine Augen, Papa! So rein! Meine sind dunkel. So dunkel, dass mein Blick ausweichend ist. So ausweichend, dass nicht einmal ich selbst ihn finden kann.

Ich betrachte mich im Spiegel und suche Alicia, die ohne Perücke. Und ich finde sie nicht, Papa. Es gibt keine Spur mehr von dem Mädchen, das seinen Kaba heimlich in die Spüle gekippt hat. Von dem Mädchen, das sich vor dem Laden von Cachón mit Inés prügelte. Von dem jungen Mädchen, das von Manuel Küsse bekam, die nach Ananas schmeckten.

Es ist alles eine Kette. Ein Kreis, der sich nicht schließt.

Die Valeria von Facebook ist in Manuel verliebt, meinen Manuel, der in mich verliebt war, Alicia, das junge Mädchen, das sich in Viviana verwandelte, die Frau, die tausend Männer geliebt haben, und die auch du geliebt hast, Papa, auf eine andere Art, als du meine Mutter liebtest, die, wie ich glaube, Onkel Paco geliebt hat, der Alicia nicht liebte, aber ihren Körper begehrte und sich dem Ganzen entzog, indem er sich hinter dem Spiegel versteckte, wo Viviana, die nicht mehr Viviana sein will, ihren ausweichenden Blick sucht, während sie an den reinen Blick einer jungen Frau denkt, die Manuel liebt. Und hier könnten wir von vorn beginnen.

Unsinn.

Ich rede nur Unsinn.

Heute trage ich die blonde Langhaarperücke. Jawohl, so ist es recht, diese Frau da bin jetzt ich.

Alicia versteckt sich in ihrer Welt hinter dem Spiegel.

Der Katzenhimmel

Marina

Wir haben Milan auf einem Grundstück begraben, das Carmela in Beluso besitzt. Carmela sagt, er habe eine ordentliche Beerdigung verdient. Dieser Kater sei die letzte Gesellschaft gewesen, die sie in ihrem Leben gehabt habe. Und er sei keine schlechtere Gesellschaft gewesen als ihr abscheulicher Ehemann. Das sagte sie einfach so, ohne mit der Wimper zu zucken. Das, was ihr noch bevorsteht, hat ihr alle Schamhaftigkeit genommen.

Ich muss sie nun einmal in der Woche nach Beluso fahren, damit sie dem Kater Blumen bringen kann. Ich spreche immer ein kurzes Gebet für ihn. »Lieber Gott, pass auf den Kater Milan auf, gib ihm jeden Tag Sardinen, stell ihm im Katzenhimmel ein Herrchen oder Frauchen zur Seite, das nicht allergisch auf sein Fell reagiert. Amen.« Carmela schüttelt sich vor Lachen. »Es gibt keinen Katzenhimmel, mein Schätzchen«, sagt sie. »Ich bin mir nicht einmal darüber im Klaren, ob es überhaupt einen Himmel gibt. Ich habe natürlich nicht mehr viel Zeit, das herauszufinden.«

Und ich lache mit ihr. Ich weiß selbst nicht, ob es einen Katzenhimmel gibt, aber sollte es einen geben, ist dieser spezielle Kater ganz bestimmt dort angekommen. Weil er mir Carmela (und ihre Crêpes mit Honig) gebracht hat. Weil er Rodrigo glücklich gemacht hat, bis dieser dann seinen

Ramón gefunden hat. Und weil er mich zu Diego geführt hat.

Ich denke schon, dass es einen Himmel für die Menschen gibt. Allein aus Gründen der Logik. Carmela und Chus, die aus dem vierten Stock, können nicht beide an denselben Ort kommen. Es muss eine Belohnung geben. »Die Wunde« und »der Therapeut« können nicht an denselben Ort kommen wie »die Wucht« und »der Perfide«.

Nichts für ungut, Jorge. Ich bin nur traurig. Wirklich traurig. Sonst nichts. Ohne jede Leidseligkeit. Ganz ohne den Quatsch, den ich so denke, wenn ich kurz vorm Durchdrehen bin. Ich bin einfach nur traurig. Ohne Selbstgefälligkeit. Ohne dir meine eigene Traurigkeit unter die Nase zu reiben. Zum ersten Mal hat dieses Gefühl nichts mit dir zu tun. Es hat mit mir zu tun.

Es hat damit zu tun, dass ich den Gedanken nicht ertrage, dass meine Nachbarin, die mir in den letzten sieben Jahren nicht aufgefallen ist und die sich in den vergangenen Monaten in eine große Stütze verwandelt hat, bald sterben wird. Sieben Jahre Ehe – sieben Monate Fegefeuer. Ich bin traurig, weil ich nicht weiß, was ich will. Und weil ich weiß, was ich nicht will.

Ich will nicht, dass Carmela stirbt.

Ich liebe Diego nicht.

Ich will es ihm nicht sagen.

Wer trifft für wen die Entscheidungen?

Carmela

Hallo, Manuel!

Ich bin Marina, die Nachbarin deiner Mutter.

Ich rufe dich auf dem Handy an, weil du dich ganz dringend mit mir in Kontakt setzen musst. Du bist wahrscheinlich sehr beschäftigt, das ist jetzt schon das vierte Mal, dass der Anrufbeantworter anspringt. Ich habe dir gerade auf Facebook eine Nachricht geschickt, und eine zweite an deine Freundin. Sobald ich aufgelegt habe, versuche ich euch über die Büros der NGO zu lokalisieren.

Deiner Mutter geht es sehr schlecht.

Sie ist schon seit Monaten sehr krank.

Ich fühle mich fürchterlich, weil ich mich nicht an ihren Wunsch halte. Aber sie hat selbst gesagt, dass es nicht gut ist, was sie da macht. Dass sie dir die Entscheidung einfach aus der Hand genommen hat. Vielleicht hätte ich dich schon früher anrufen sollen. Ich glaube, ich war so beschäftigt mit meinem Leben, dass ich gar nicht zum Nachdenken gekommen bin. Nicht so sorgfältig, wie es eigentlich nötig gewesen wäre.

Ich hätte dich gegen ihren Willen anrufen sollen.

Ich hätte dir erzählen sollen, dass sie bald stirbt.

Jetzt kann ich dich nur noch bitten, dass du mir verzeihst. Und dass du dich beeilst.

Denn sie liegt im Sterben.

Was das letzte halbe Jahr gebracht hat

Sara

Hallo, Bruno!

Sechs Monate. Ich glaube, ich bin fast geheilt.

Während dieser ganzen Zeit habe ich meine frisch geschiedene Mutter unterstützt und die Trennung von meinem Freund verarbeitet. Und ich habe nicht ein einziges Mal zum Telefonhörer gegriffen, um dir mein Leid zu klagen. Vielleicht weil es keins ist. Es ist kein Leid. Es ist nur das Leben. Da braucht es keine Psychoanalyse.

Rubén kann schon wieder stehen. Die Lähmungen durch die Verletzung sind reversibel. Er wird wieder laufen können.

Du siehst, das sind alles gute Nachrichten.

Er will mich nicht heiraten, und ich glaube, jetzt bin ich so weit, dass ich mit dir darüber reden kann. Das hast du verdient. Weil du so viel Geduld hattest. Wegen deiner E-Mails, die mir in diesen sechs Monaten so geholfen haben. Weil du nicht versucht hast, mich zu sehen oder mich in meinem Haus zu belästigen.

Es ist ganz einfach.

Er liebt mich nicht.

Er sagt, die neue Sara sei nicht mehr die Sara, in die er sich verliebt habe. Weil ich mir ständig Sorgen mache. Um die Tafel. Um meine Mutter. Um die NGO in der Wüste. Weil ich einen Monat lang nicht ins Krankenhaus gekommen bin, als er den Unfall hatte.

Wenn ich ihm doch nur erklären könnte, was dieses Krankenhaus für mich bedeutet. Dass ich in diesem Krankenhaus wirklich sterbe, obwohl ich eigentlich nicht sterben will. Aber das ist der springende Punkt, Bruno. Es sollte eigentlich nicht nötig sein, es ihm zu erklären.

Ich kann es ihm nicht zum Vorwurf machen, dass er mich nicht versteht.

Alles, was ich dir erzählt habe, hätte ich ihm erzählen müssen. Denn wenn eine junge Frau lieber mit einem Anrufbeantworter spricht als mit ihrem Freund, dann stimmt etwas nicht.

Jetzt weiß ich das.

Und dann ist da noch das mit Carmela. Aber das werde ich dir später in aller Ruhe erzählen.

Mama geht es besser. Sie fühlt sich lebendiger. Sie achtet auf sich. Sie lernt gerade, sie selbst zu sein, ganz sie selbst. Und nicht die Frau von Viñas. Das fällt ihr nicht leicht.

Wie du siehst, sind in diesem halben Jahr viele Dinge geschehen. Eine ganze Menge.

Ich habe in Sober viel meditiert. Also, jetzt lass ich dich wieder in Ruhe, Bruno.

Übrigens, du musst etwas für mich tun.

Du musst Camilo aus dem Haus meiner Mutter zu dir holen. Das war ganz entschieden keine gute Idee, ihn bei ihr zu lassen, weil … Mist, ich muss auflegen! Ich rufe dich morgen an. Gleich geht mein Flieger.

Abschiede

Viviana

Es geht das Gerücht um, dass Roscof in Moskau geboren wurde und die russische Mafia ihn geschickt hat, um nicht nur im Xanadú, sondern gleich in der ganzen Hauptstadt das Geschäft zu kontrollieren.

Er hat das nie bestritten, aber da wir ihn so gut kennen, wissen wir, dass er Silverio Beltrán heißt und aus Jerez stammt. Dass er den Spitznamen beim Militärdienst bekommen hat, wegen seiner blonden Haare und blauen Augen. Dass er den harten Mann mimt, aber eine Seele von Mensch ist. Das kann ich dir versichern, und ich habe in diesen sieben Jahren im Xanadú wirklich alles gesehen. Ich erinnere mich, dass er wie ein Kind geweint hat, als eine der Irinas starb, die sich zuvor um alles gekümmert hat.

Heute hat er auch geweint.

Nachdem ich mit dem (definitiv) letzten Kunden fertig war, habe ich gemerkt, dass es einfach nicht mehr geht. Denn den einzigen Grund, warum ich diesen Job gemacht habe, den gab es schon nicht mehr.

Ich ging in Roscofs Büro. Zum (definitiv) letzten Mal, um ihm alles zu erklären. Ich fand, das schuldete ich ihm. Eine (definitiv) letzte Erklärung. Es überraschte mich, dass er schon wusste, dass die Entscheidung kurz bevorstand. Er weiß nichts von Onkel Paco, und von den Schulden auch nicht. Aber er weiß, dass ich seit ein paar Tagen singe, wenn ich Getränke ausschenke, und sogar lächle. Gestern habe ich Abigaíl gebeten, mir beizubringen, wie man Chachacha tanzt.

»Das hier ist kein Ort für glückliche Frauen«, hat er zu mir gesagt. Und es sei klar, dass ich das sein wolle. Dass ich lachen wollte. Vergessen.

Ich glaube, man merkt deutlich, dass ich mich frei fühle.

Sprechen wir über die Freiheit. Ich habe dir einmal gesagt, hier wären wir frei. Das stimmt natürlich auch. Aber nur hinter verschlossenen Türen. Sobald sich die Türen des Xanadú öffnen, gibt es tausend Gründe, umzukehren und sich wieder einschließen zu lassen. Schulden. Ein krankes Kind. Eine ganze Familie, die arbeitslos ist. Die Notwendigkeit, eine Geschlechtsumwandlung zu finanzieren, damit du dich Abigaíl nennen kannst, obwohl dein wahrer Name Miguel ist.

Und hier hört die Freiheit auf. Es ist dieses Scheiß-System, das dich ins Xanadú bringt.

Roscof weinte tatsächlich. Er sagte, das liege daran, dass er betrunken sei. Er ließ mich drei Tequilas trinken, von dem guten Don Julio, den er in seinem Tresor aufbewahrt. Es war ein guter Abschied. Ich bat ihn darum, den anderen nichts zu verraten. Auch nicht Nicoleta, meiner Lieblings-Irina. Mittlerweile nennt er sie auch so. Irinas.

Bevor er ging, fragte er mich, welche Farbe mein Haar hätte. Ich zog die Perücke herunter. Für diese (definitiv) letzte Nacht hatte ich die von Doris Day ausgewählt.

Meine Mähne fiel mir über die Schulter. Wir sagten nichts mehr.

Die Perücke ließ ich dort. Ich versprach, ich würde wiederkommen, um mich von den Mädchen zu verabschieden. Wir wussten beide, dass das eine Lüge war (lügen ist einfach) und es meine (definitiv) letzte Nacht im Xanadú war.

Dinge, von denen ich nie gedacht hätte, sie könnten geschehen (Zweiter Teil)

Marina

Ich bin so unglaublich naiv, Jorge. Ich hab tatsächlich bis zum letzten Moment geglaubt, dass Carmela davonkommen wird. Wie in den Vorabendserien bei Antena 3. Aber Pustekuchen. Sie ist gestorben. Vor ein paar Tagen hat sie an meine Tür geklopft und zu mir gesagt: *Marinita, ich sterbe. Meine Liebe, ruf Manuel an.*

Und ich habe ihn angerufen, natürlich hab ich das getan. Er kam noch rechtzeitig, um im Krankenhaus bei ihr zu sein. Aber sie haben kaum miteinander gesprochen. Sie war fast die ganze Zeit sediert. Sie hat nicht gelitten, hat uns der Arzt gesagt. Aber natürlich hat sie das. Sie hat darunter gelitten, sich über einen Anrufbeantworter von ihrem einzigen Sohn verabschiedet zu haben, weil sie gewusst hat, dass es für Manuel das Wichtigste war, mit den Kindern der NGO zu arbeiten. Ich glaube, ich habe noch nie einen Menschen getroffen, der so großzügig war wie Carmela. Vielleicht braucht man diesen Aufopferungsgeist und diese endlose Liebesfähigkeit, um Mutter zu sein. Vielleicht ist es das, was bei mir nicht gestimmt hat. Meine Liebesfähigkeit war begrenzt. Meine Liebe war egoistisch.

Auf der Beerdigung war auch die junge Frau mit der Scheidungsvereinbarung. Sie hat mir erzählt, dass sie keine Heiratspläne mehr hat. Die Ehe ist kein Vertrag. Das war noch so eine meiner Lügen. Die Ehe ist ein Lottoschein. Und man zieht dabei nur sehr selten den Hauptgewinn.

Und so ist geschehen, wovon ich nie gedacht hätte, dass es geschehen könnte. Carmela ist gestorben. Hoffentlich ist sie jetzt im Katzenhimmel und gibt Milan ein paar dicke Sardinen zu fressen. Amen.

Es sind noch mehr unerwartete Dinge geschehen. Das heißt, so unerwartet waren sie gar nicht. Ich habe Diego den Laufpass gegeben, während er einen Kaffee trank, der diesmal wirklich ein Kaffee war, auf der Plaza de la Herrería. Das Unerwartete war nicht dieses angekündigte Ende. Das Unerwartete war seine Erleichterung. Er muss gewusst haben, dass ich ihn nicht liebe. Und er war froh, dass ich es ihm endlich eingestand. Niemals würde ein Mann wie Diego sich in seine Wohnung einschließen, im Dunkeln hocken und Cornflakes essen.

Ich bin verrückt, dass ich ihn ziehen lasse. Ich habe dir fast noch nichts von ihm erzählt. Nur ein paar Kleinigkeiten. Denn obwohl ich weiß, dass du nicht zuhörst und dass du dir diese Aufnahmen nie anhören wirst, ist es tröstlich für mich, dir noch mehr Dinge über Diego zu erzählen. Du machst dir ja keine Vorstellung, wie geduldig, intelligent, aufmerksam und einfallsreich er sein kann. Ich mag seinen weichen Körper, der so angenehm ist, zwar nicht dick, aber so ganz anders als deine stählernen Muskeln, die aussehen, als wären sie nicht echt. Es gefällt mir, dass er meine Entscheidungen nicht in Frage stellt. Es gefällt mir, dass er groß ist. Seine Handballerhände gefallen mir. Ich mag seine braunen Augen. Einfach, liebenswert, die Hände und der ganze Kerl.

Seine Abschiedsworte gefielen mir. »Ich wollte immer Kinder haben, Marina, aber es wäre mir sehr recht, wenn ich sie nicht mit dir bekommen würde.«

Und noch etwas ist geschehen: Ich habe Rodrigo einen Eimer limettengrüne Farbe gekauft, seine Lieblingsfarbe. Das »New Yorker Grau« war nur ein Zugeständnis von seiner Seite. Im Gegenzug stand sein Name vor meinem auf dem Firmenschild.

Und jetzt habe ich ihm, da es in Zukunft sein Reich sein wird, und nur seines, noch ein neues Firmenschild geschenkt.

RODRIGO LIMÉNS
ANWALT

Der Tag ist gekommen

Marina

Hallo, Manuel!

Ich heiße Marina und habe gerade den Anrufbeantworter von deinem Festnetzanschluss angerufen. Ich sitze vor dem Krematorium in meinem Auto. Ich rufe nicht an, um dir noch einmal mein Beileid auszusprechen.

Es ist unglaublich, wie viele Leute gekommen sind, um sich von deiner Mutter zu verabschieden. Nicht nur die Nachbarinnen aus ihrem Dorf. Viel mehr. Leute von der Tafel. Hunderte. Freiwillige und Kollegen. Nachbarn aus ihrem Haus. Ihre Schwägerinnen, deine Tanten, die Kumpel aus der Werkstatt deines Vaters, die Katechismuslehrer aus der Kirche, die Leute vom Strickladen, die Kunden des Frisörladens von Ana Mari, der Kioskbesitzer.

Es fällt schwer, sich dieses Viertel ohne sie vorzustellen.

Es fällt schwer, sich ein Leben ohne sie vorzustellen. Und das, obwohl ich schon damals, als wir uns kennengelernt haben, wusste, dass diese Freundschaft ein Verfallsdatum hat.

Ich könnte dir nichts über sie erzählen, was du nicht längst weißt. Sie hat die Leute dazu gebracht, sich zu ändern. Sie war großzügig. Sie ist die Mutter, die ich vor Jahren verloren habe. Was mich bei ihr am meisten beeindruckte, war die Klarheit, mit der sie die Dinge sah.

Ihre Fähigkeit, die Realität zu vereinfachen. Zu begreifen,

was gerade vor sich ging. Die Verhaltensweisen der Menschen zu analysieren und zu verstehen. Sie hat mir viele Wahrheiten gesagt:

»Marina, vergiss Jorge. Dieser Mann liebt dich nicht.«

»Marina, mich kannst du nicht täuschen, du liebst Diego nicht.«

»Marina, diese Chus ist nicht böse. Sie ist nur unglücklich.«

»Marina, dieser Kater hat einfach nur Hunger.«

»Marina, das Schwierige ist nicht, ohne den Mann zu leben, den du liebst, das eigentlich Schwierige ist, mit einem Mann zu leben, den du nicht liebst.«

Du wirst denken, ich bin verrückt. Ich weiß, dass du nicht verstehst, wovon ich rede.

Für mich ist es so, dass deine Mutter mein Leben verändert hat, Manuel. Sie hat mich viele Dinge gelehrt. Mich, die arrogante Anwältin. Sie hat mir gezeigt, dass ich allein leben kann. Sie hat mir beigebracht, maßlos zu lieben. Sie hat immer an die anderen gedacht. Schau dir die Leute von der Tafel an. Sie kannte alle beim Namen, kannte ihre Geschichten. Für sie waren sie niemals bloß Nummern in einer Schlange, sondern immer Menschen.

Ich glaube, das ist der Grund, warum ich nicht weine. Ich muss immer daran denken, was wir zusammen erlebt haben. Und alles war gut. Also, heute werde ich nach Hause fahren. Ich muss noch einen Brief holen, den sie dir geschrieben hat, und ihn dir vorlesen. Und danach werde ich wieder zu diesem Krematorium fahren, um sie auf ihrem letzten Weg zu begleiten.

Ich habe darum gebeten, dass ein Lied von Ana Kiro gespielt wird. Der Pfarrer war nicht gerade begeistert, aber ich habe es durchsetzen können.

Nach der Beerdigung werde ich dir das mit dem Anrufbeantworter erzählen. Der Tag ist gekommen. Es ist Zeit, dass du die Geschichte hörst. Und ich denke, es wird dir wehtun.

Aber das war ihr Wille.

Wir können für Carmela keine Entscheidung mehr treffen. Aber sie hat längst für uns entschieden.

Tausend Buntstifte

Sara

Hallo, Bruno,

gerade bin ich auf dem Flughafen von El Aaiún gelandet. Dass du meine Mutter angerufen hast, weiß ich schon. Sobald ich festen Boden betreten habe, sind bei mir ständig neue WhatsApp-Nachrichten angekommen.

Bevor du anfängst, mich anzuschreien, möchte ich dir eines gleich sagen: Es gibt keinen Weg zurück, ich habe mir diesen Schritt genau überlegt.

Aber darüber sprechen wir morgen.

Heute werde ich dir das mit Carmela erzählen. Der Frau von der Tafel, du erinnerst dich? Der Mutter von Manuel.

Carmela ist vor drei Monaten gestorben, mehr oder weniger. Ein paar Tage vor ihrem Tod ließ sie ihren Sohn kommen, der von ihrer Krankheit noch gar nichts wusste. Ein netter Typ, dieser Manuel. Die Beerdigung hat er durchgestanden, ohne die Haltung zu verlieren, er schien mir gut beieinander zu sein. Es waren sehr viele Leute gekommen. Sogar Marina, die Anwältin meiner Mutter, die meine Scheidungsvereinbarung aufgesetzt hat. Wie sich herausgestellt hat, war sie Carmelas Nachbarin.

Manuel rief mich eine Woche nach der Beerdigung an. Er sollte mir einen Brief von Omar bringen, meinem Patenjungen. Er fuhr zu sich nach Hause, um ihn zu suchen. Und er war nicht mehr derselbe wie vor ein paar Tagen, er war völlig aufgelöst. Seine Mutter hatte ihm monatelang Nachrichten auf den Anrufbeantworter gesprochen, in denen sie ihm von ihrer Krankheit erzählte. Sie hat auch über mich gesprochen, über Marina, über die Tafel, über ihr Leben und ihren Tod ...

Ich kann sie verstehen. Es ist so leicht, mit einer Maschine zu reden. Ich mache das schon seit Monaten. Meine Beziehung mit Rubén lief ausschließlich über WhatsApp. Ich habe meine Depression mithilfe deiner E-Mails überwunden.

Manuel hat mir erzählt, da, wo er herkommt, sei keine Zeit für Tablets, Smartphones und soziale Netze. Man benutze die Geräte, klar, aber nur, um die Welt auf die Arbeit der NGO aufmerksam zu machen. Wenn du gegen Anämie kämpfst oder gegen fehlende sanitäre Einrichtungen, bleibt keine Zeit, um auf Facebook etwas zu »liken«. Da denkst du eher darüber nach, wie sich Trinkwasser und Schulmaterial für die Kinder organisieren lassen, und wenn du dann glücklich bist, weil es geklappt hat, lachst du erleichtert und schickst nicht Emoticons mit einer Sevillanas tanzenden Frau herum. So einfach ist das.

Wie kannst du mir zum Vorwurf machen, dass ich hierherfahren wollte, um daran teilzuhaben?

Ich habe natürlich eine neue E-Mail-Adresse: die von der NGO: saraviñas@millapicesdecolores.org. Ich könnte noch die alte verwenden, aber es macht mir solchen Spaß, dir diese zu geben.

Ich gehe jetzt schlafen. Morgen fahren wir nach Tinduf.

Nachrichten

Viviana

Inés hat mich gerade angerufen. Manuels Mutter ist gestorben.

Es gab Augenblicke, in denen ich mir gewünscht habe, dass sie stirbt. Und das, obwohl ich sie sehr gemocht habe. Aber ich weiß, dass die Beziehung mit Manuel am Ende auch deshalb gescheitert ist, weil sie nicht damit einverstanden war.

Dabei war sie gar nicht eine von den Frauen, die ihren Söhnen reinreden. Sie hat nicht schlecht von mir gesprochen. Es war schlimmer. Viel schlimmer.

Sie war liebenswürdig, rücksichtsvoll und wohlerzogen, eine reizende Frau. Aber es war immer klar, dass ich ihrem Manuel nie das Wasser reichen würde. So hat sie es empfunden, ich habe das immer gespürt. Und Manuel auch.

Einmal habe ich sie angerufen. An Weihnachten, das dürfte jetzt fünf Jahre her sein. Ich war in einer gefühlsduseligen und nostalgischen Stimmung. Fast ohne nachzudenken, habe ich ihre Nummer gewählt. Ich habe ihr ein frohes Fest gewünscht und gesagt, ich sei in Madrid, würde bei IKEA arbeiten. Mehr nicht. Wochenlang habe ich in der Erwartung gelebt, das Telefon könnte klingeln, ich dachte, sie hätte Manuel vielleicht erzählt, wo ich bin. Hat sie aber nicht. Ich mache ihr keine Vorwürfe. Ich würde mir für meinen Sohn auch eine andere Freundin wünschen als mich.

Sicher gefällt ihr die junge Frau auf Facebook (Valeria Coletti, geboren im Piemont. Medizinabschluss. Langes schwarzes Haar. Keine Perücke. Blaue Augen. Kein ausweichender Blick. Lieblingsfilm: *Casablanca*. Lieblingsbuch: die Bibel).

Na ja, das bedeutet dann wohl, dass Señora Carmela in Frieden gestorben ist. Es ist nicht in Ordnung von mir, dass ich ihr Vorwürfe mache. Ich bin immer diejenige gewesen, die sich nicht von Manuel hat helfen lassen, ich war es, die auf Distanz gegangen ist, die sich stets weigerte, einen Schritt weiterzugehen. Denn ich wusste, ich würde ihm alles erzählen müssen. Dann kam das mit den Schulden. Und von da an gab es keinen Weg mehr zurück.

Ich hatte mich so darauf gefreut, nach Hause zu kommen, Papa … Aber jetzt kann ich das nicht machen. Er ist bestimmt dort. Oh nein!

Wer weiß.

Also, ich leg jetzt auf. Ich muss noch duschen. Ich habe heute ein Bewerbungsgespräch.

Alles, was geschieht, hat seinen Grund

Marina

Es ist vorbei, Jorge.

Ich habe ganz sicher nichts davon, wenn ich immer wieder darüber nachgrübele, was hätte sein können. Ich führe das Leben, das mir bestimmt ist.

Ich muss mich mit dem zufriedengeben, was mir bleibt, auch wenn dieses Leben einen ziemlich seltsamen Sinn für Humor hat. Es ist an der Zeit, Entscheidungen für mich selbst zu treffen, ohne diejenigen, die ich in der Vergangenheit getroffen habe, in Frage zu stellen. Ich habe fast Carmelas Stimme im Ohr: »Ach, mein Schätzchen, alles, was geschieht, hat seinen Grund.«

Sie ist tot.

Sie hat es hinter sich gebracht.

Ich glaube, du kannst nicht verstehen, was ich fühle. Dafür müsstest du die Marina kennen, die ich heute bin. Carmela, ja, die kannte mich. Ich weiß, was sie zu mir sagen würde: Dass ich lernen muss, mir zu verzeihen. Und als Erstes sollte ich dir verzeihen. Und das werde ich. Du sollst nicht mehr »der Perfide« sein, du bist wieder Jorge. Nicht der Jorge, mit dem ich alt werden und am Ufer des Lérez entlangspazieren werde – einfach nur Jorge.

Und so bin ich in die Apotheke gegangen und habe einen riesigen Korb voller Babyprodukte gekauft.

Einen Moment lang dachte ich, ich fahre zum Mercadona, dort machen sie sehr niedliche Körbe. Das hätte die alte Marina getan. Die neue Marina muss beweisen, dass einer zivilisierten Scheidung eine noch zivilisiertere Beziehung folgt.

Ich habe deinen Sohn kennengelernt. Jorgito. Und ganz nebenbei hat er mir »die Wucht« vorgestellt, die Raquel heißt, wie sich herausstellte. Und es war wohl eher so, dass mein Anblick sie umgehauen hat, denn sie fühlte sich so unwohl, dass sie vermutlich weggerannt wäre, wenn diese Kaiserschnittnaht sie nicht daran gehindert hätte.

Ein hübscher Junge, dein Jorgito. »Vier Kilo und achthundert Gramm«, sagte Raquel/die Wucht. »Das ist dieses Jahr in Pontevedra bisher der kräftigste Säugling.« Die Arme, gegen ihren Wettbewerbsgeist sollte mal jemand was machen. Sie tat mir leid. Ich hätte ihr am liebsten gesagt, sie solle sich beruhigen, sie habe doch schon gewonnen. *Game over*.

Deine neue Wohnung hat mir gefallen. Und dass du mir deine neue Handynummer gegeben hast auch. Ich rufe weiter auf diesem hier an. Es hat schon keinen Sinn mehr, dass du dir die Details meines Lebens anhörst. Es ist mein Leben. Und wenn ich weiter anrufe, dann nur, weil das billiger ist, als zum Psychologen zu gehen. Es hat mir auch gefallen, dass du mich nach Diego gefragt hast. Und dass du mir wegen Carmela dein Beileid ausgesprochen hast.

Es gab auch Dinge, die mir nicht gefallen haben.

Dass du mich Marini genannt hast. »Marina«, habe ich dich korrigiert.

Es hat mir auch missfallen, dass Raquel/die Wucht mir gesagt hat, dass ihr heiraten werdet. Im Grunde genommen war es nicht das, was für mich so schlimm war: Schlimm war nur, dass du mit ihr zur Hochzeitsreise nach Griechenland fahren wirst. Griechenland war unser Land, Jorge. »Nach Mykonos«, hast du zur Klarstellung hinzugefügt. Okay, Mykonos war nicht unsere Stadt, aber was weiß ich, du hättest mit ihr nach Riviera Maya fahren können, Jorge, oder nach Norwegen an die Fjorde. Es gibt tausend Orte, Jorge.

Und das Schlimmste von allem: Dass du mir gesagt hast, dass ich besser abnehmen soll. »Vielleicht kriegst du ja noch ein paar Kilochen runter, Marini.«

»Marina«, habe ich dich korrigiert.

Und gelächelt.

Ich habe nichts gesagt. Ich hatte ja auch keine Mailbox dran. Aber was würde ich dafür geben, dein Gesicht zu sehen. Ich hätte Lust, dich auf deinem neuen Handy anzurufen und dir meine Meinung zu geigen.

»Ich bin nicht dick, du Depp. Ich bin schwanger.«

Der Brief

Carmela

Das hier ist der letzte Brief deiner Mutter, Manuel. Ich habe ihn in meiner Wohnung aufbewahrt. Du kannst jederzeit vorbeikommen und ihn dir holen. Sie hat ihn geschrieben, als du noch unterwegs warst. Ich werde ihn dir vorlesen, wie sie es sich gewünscht hat.

Hallo, mein Schatz!
Ich wollte, dass du ein letztes Andenken an mich behältst. Etwas anderes als einen Anruf. Etwas, das du zwischen den Seiten eines Buches aufbewahren kannst. Dieser Brief ist dieses Andenken. Ich hoffe, er wird dir eine schöne Erinnerung an mich sein.

Du musst wissen, dass diese letzten Wochen anders gewesen sind. Laut auszusprechen, was ich so viele Jahre lang verschwiegen habe, hat mich geheilt. Es hat den Krebs nicht besiegt, aber es hat mich von innen geheilt.

Du darfst deinem Vater nicht länger böse sein. Er hat getan, was er konnte. Auf seine Weise.

Werde glücklich.

Sieh dir dein Handgelenk an.

Dieses Unendlichkeitszeichen.

Und dann sieh Valeria an. Und wenn das, was du fühlst, unendlich ist, dann lebe dein Leben mit ihr.

Aber wenn du beim Blick auf das Unendlichkeitszeichen an Alicia denkst, dann ruf sie an. Dann ruf sie an, denn wenn du das nicht tust, dann wirst du eines Tages sterben, während du davon träumst, mit ihr auf einer Bank zu sitzen. Und näher wirst du an das Glück dann nicht mehr herankommen.

Das ist alles, was ich dir hinterlasse. Es ist alles, was ich dir zu sagen habe.

Dass alles, was geschieht, für etwas gut ist. Dass ich dich liebe.

Unendlich.

Insekten, Hitze und Stille

Sara

Hallo!

Hör mir mal einen Moment zu.

Ja. Ich bin immer noch hier. Aber ... hast du es gehört? Oder besser gesagt ... hast du gehört, dass man nichts hört? Wenn ich mit dir spreche, bekomme ich sofort einen Kloß in den Hals. Ich fühle mich ein bisschen gehemmt. Es ist fast, als würde ich beten, mit einem höheren Gott sprechen. Was rede ich da für einen Unsinn! Ich hab wahrscheinlich einen Sonnenstich. Götter sind ja definitionsgemäß allesamt höhere Wesen. Es müsste verboten sein, dieses Schweigen zu brechen. Ich sitze hier im Dunkeln. Nur die Scheinwerfer des Geländewagens machen ein bisschen Licht.

Hier ist alles anders, Bruno. Also na ja, ich sollte dir jetzt wahrscheinlich erzählen, wie wundervoll es ist, wenn Kinderaugen einen groß anschauen. Und wie sehr es mich erfüllt, diese humanitäre Arbeit zu verrichten. Aber nix da. Die beschissene egozentrische und verzogene Göre ist wieder zurück. Ich ertrage den Schmutz nicht. Das Haar voller Staub. Den ständigen Durchfall. Das Essen. Das Essen ist ein Kapitel für sich. Hier rollen sie den Couscous zu Kugeln, essen mit den Händen, rülpsen nach dem Essen, ekelhaft ...

Und die Stille. Die Stille ist mal gut und mal schlecht, je nachdem. Jetzt ist sie zum Beispiel gerade gut. Ich habe mich

244

an die Karosserie des Geländewagens gelehnt, der immer noch die Hitze hält, die sich in den letzten Stunden über uns ergossen hat. In anderen Momenten ist die Stille erdrückend. Aber jetzt nicht. Jetzt gerade höre ich nichts anderes als die Piepstöne, die mir ankündigen, dass am anderen Ende der Leitung niemand ist. Diese Piepstöne, die mich mit deiner Praxis verbinden, in die ich kaum je einen Fuß gesetzt habe. Und weißt du was? Ich erinnere mich schon nicht mehr, warum ich eigentlich deine Praxis aufsuchen musste. Heute kommt mir das alles wie ein Witz vor. Etwas, über das ich mich bepissen könnte vor Lachen. Etwas, das man zum Beispiel Hadiya erzählen könnte, der Mutter von Omar. Ihr siebzehnjähriger Bruder ist bei dem Versuch, nach Spanien zu kommen, ertrunken. Ihr Mann dagegen hat es geschafft. Na gut, das ist drei Jahre her, und sie hat nichts mehr von ihm gehört, seit er sich in einem Vorortviertel von Paris niedergelassen hat.

Omar ist Diabetiker. Manchmal gibt es Insulin, manchmal nicht. Vor zwei Jahren wäre er bei einem Blutzuckeranstieg fast gestorben.

Und das war mein Motiv zu sterben: dass meine Eltern für einen Augenblick, für nur einen einzigen Augenblick aufhören würden, sich um den verfluchten Porsche Cayenne zu streiten.

Und wenn ich das laut ausspreche, mitten in dieser Wüste, dann hört es sich noch dümmer an, als es ohnehin schon war.

Ich weiß nicht, was ich an diesem Ort zu finden hoffte. Es gibt hier nur Insekten, Hitze, Elend, Staub ... und Stille.

Dir kann ich nichts vormachen. Meiner Familie erzähle ich, welche Bereicherung das für mich ist, hier zu sein und diesen Kindern zu helfen.

Aber das Einzige, an das ich denken kann, ist, dass ich

einen Menschen töten würde, um an eine Tube Hair Conditioner zu kommen.

Du machst dir keine Vorstellung, wie trocken die Haare in dieser Sonne hier werden.

Piep, piep, piep, der Klang der Geräte

Viviana

Du wirst es mir nicht glauben!

Ich arbeite bei IKEA.

Da bin ich nämlich hingefahren, zum Bewerbungsgespräch. Ich habe meinen Lebenslauf abgegeben, du weißt schon. Mit dem einjährigen Vorbereitungskurs aufs Universitätsstudium und der mittleren Berufsausbildung als Buchhalterin. Dazu kommt noch die Berufserfahrung, die ich bei der Rechnungsführung in der Eisenwarenhandlung gesammelt habe, und die Jahre in dieser Verwaltung von Marín. Sprachen? Grundkenntnisse in Englisch. Wie alle in diesem Land. Ich konnte Roscof fast schon hören: »Französisch, Expertin in Französisch.« Aber nein ... keine Angst, das war alles ganz formal ... und *voilà*!: Ich habe die blau-gelbe Uniform schon bekommen. Natürlich arbeite ich an der Kasse. Für die Buchhaltung haben sie Leute mit einem Abschluss in Wirtschaftswissenschaften.

Es gefällt mir bei IKEA, Papa. Ich lese gern die Produktnamen (»Schrank Godmorgon« ... weiß auch nicht, das klingt, als wäre es eine Figur aus Herr der Ringe). Das Essen in der Cafeteria, das Gedränge am Wochenende. Mir gefällt alles. Und dieses piep, piep, piep, das der Barcode-Leser macht. Manche Kollegen sagen, sie würden davon ganz kirre. Ich nicht. Ich mag den Sound. Und nach den Piepstönen die gleiche Frage wie im Xanadú: »Bar oder mit Karte?« Ich vergesse nie, nach der IKEA-FAMILY-Karte zu fragen.

Es ist eine gute Arbeit, ganz egal, was die in Loira denken, die meinen, wenn eine nach Madrid geht, müsse sie auch bei einer wichtigen Firma arbeiten.

Die Arbeit ist wichtig.

Und Manuels Nachricht auf der Mailbox meines Handys auch. Ich stelle mir vor, wie er bei sich zu Hause im Wohnzimmer sitzt, die fünf langen Piiiiiiiiiiis hört und danach: »Der angerufene Teilnehmer antwortet nicht. Bitte hinterlassen Sie eine Nachricht nach dem Signalton.«

Da siehst du's. Er spricht mit einem Gerät. Und ich spreche mit diesem Gerät hier. Tausende von Menschen sprechen mit Geräten. Ich kann es kaum erwarten, wieder seine Stimme zu hören. Nicht die von dem acht Sekunden langen Video aus den Fernsehnachrichten. Ich kann es kaum erwarten, die Nummer seines Anrufbeantworters zu wählen. Mir seine Nachricht anzuhören. Aber ich glaube, das werde ich nicht tun. Ich rate lieber, was er von mir will. Vielleicht will er mir nur erzählen, dass Carmela gestorben ist. Dass er diese Valeria heiratet. Dass es ihm sehr leidtut, dass du gestorben bist, Papa. Ich will nicht mit ihm sprechen. Ich will nicht, dass er mich fragt, warum ich nicht zu deiner Beerdigung nach Galicien zurückgekommen bin.

Warum bloß nicht, Papa?

Antibrexit

Marina

Hallo, Jorge!

Wie beschissen ist das denn! Ich soll aufhören, mit dir zu sprechen. Als ob das, was ich sage, noch etwas mit dir zu tun hätte.

Die Dinge, die mir widerfahren, haben alle schon nichts mehr mit dir zu tun. Das Problem ist, dass ich nicht weiß, für wen überhaupt ich hier nach Worten suche. Für das Baby, das in mir wächst, jedenfalls nicht.

Ich glaube, ich werde mit Carmela sprechen. Sie hört mir immer zu.

Hallo, Carmela!

Ich hoffe, du bist im Himmel. Im Katzenhimmel, mit Milan. Oder im Menschenhimmel. Ich rufe dich aus England an, aus der Nähe von Oxford. Ich habe ein Forschungsstipendium für zwei Jahre bekommen. Ich hoffe, dass es durch den Brexit nicht wieder wegfällt. Ich mache eine rechtsvergleichende Studie. Ich habe mich immer schon für das angelsächsische Recht interessiert. Ich nehme mal an, dich interessiert das nicht so brennend.

Rodrigo und Ramón geht es gut. In einem Monat heiraten die beiden. Ich werde nicht zur Hochzeit gehen, aber sie haben versprochen, mich zu besuchen.

Jorge hat seinen Sohn schon bekommen.

Und ich werde auch ein Kind bekommen. Ein Mädchen. Ich bin im sechsten Monat und ziemlich rund. Das würde dir gefallen, mich so zu sehen. Es ist seltsam, im letzten Jahrhundert kamen die Spanierinnen für eine Abtreibung nach England, und jetzt komme ich hierher, um dieses Mädchen auf die Welt zu bringen.

»Alles, was geschieht, hat seinen Grund«, hast du immer gesagt. Als gäbe es einen logischen Grund dafür, dass eine fünfundsiebzigjährige Frau an Krebs stirbt, ohne dass man ihr die Zeit gibt, sich von ihrem Sohn zu verabschieden. Aber du hast recht. Deine Krankheit hat dich zu mir geführt, und jetzt frage ich mich bei jeder Entscheidung, die ich treffe, wie du wohl entschieden hättest. Und das hilft mir, bessere Entscheidungen zu treffen. Durchdachte und folgerichtige Entscheidungen. Entscheidungen, von denen ich weiß, dass ich sie in Zukunft nicht in Frage stellen werde.

Ansonsten läuft alles gut. Die Schwangerschaft bekommt mir bestens. Das Essen hier ist widerlich. Du müsstest mal den frittierten Fisch sehen, den sie auf der Straße verkaufen, nicht einmal Milan würde den fressen. Das Wetter ist wie in Galicien. Und es gibt einen Haufen Spanier. Und Galicier natürlich auch.

Ich habe kein Heimweh nach Galicien. Nach Pontevedra auch nicht. Oder nach der Frau aus dem vierten Stock. Denk jetzt bloß nicht, ich hätte einen schlechten Charakter. Ich werde Chus meine Miltonia-Orchidee schenken. Bevor ich nach Oxford gegangen bin, habe ich ihr die Blume in einem Anfall von Gutmütigkeit vorbeigebracht. Ich habe ihr gesagt, ich würde ins Ausland gehen (ohne weitere Einzelheiten zu nennen, Chus bleibt Chus!) und dass es mich freuen würde, wenn sie die Pflanze zu sich nähme. Sie ist sehr emotional geworden. »Das tut mir leid«, hat sie gesagt. Das ist ihre Art, um Verzeihung zu bitten. Und zu zeigen, wie nah es ihr geht, dass Jorge einen Sohn hat. Ich habe nichts geantwortet. Ich bin gegangen und habe ihr Bild hinter mir gelassen, auf ewig das Bild einer Frau, die Spannbetttücher aufhängt, obwohl es zu regnen beginnt.

Das ist schon alles, Carmela. Manuel ist wieder zu Hause. Manchmal ruft er mich an, und wir reden über Skype miteinander.

Ich hoffe, es gefällt dir in diesem Himmel, den es allein schon deshalb geben muss, damit du es dir darin gut gehen lassen kannst.

Amen.

Rübstiel und anderes

Carmela

Hallo, mein Neffe!

Hier spricht Tante Dorinda. Seit wir gestern Nachmittag miteinander gesprochen haben, muss ich mich immer wieder wundern, was für eine kluge Frau deine Mutter gewesen ist. So klug!

Als du mir erzählt hast, was sie gemacht hat, dass sie dir Nachrichten aufs Band gesprochen hat, dachte ich mir: Könnte ich doch nur die Zeit zurückdrehen, ich würde ihr so viele Dinge erzählen. Und jetzt, Manuel, werde ich, falls es dir nichts ausmacht, hier auf deinem Anrufbeantworter ein Geständnis ablegen, denn heute Morgen bin ich zu ihrem Grab gegangen und habe laut mit ihr gesprochen, aber natürlich kann niemand mir garantieren, dass sie das auch gehört hat. Aber du wirst mich ganz sicher hören.

Denn ich will bei meinem Tod ein reines Gewissen haben. Seit über fünfzig Jahren bewahre ich schon Stillschweigen über diese Sache.

Ich war ihre Lieblingsschwester. Und habe sie stets unterstützt. Ich bin deine Patin. War an ihrer Seite, als Caride sie betrog. Bin sie jeden Freitag besuchen gegangen. War jedes Wochenende zum Kartenspielen bei ihr.

Ich habe ihr über fünfzig Jahre lang verschwiegen, dass ich wusste, dass Vicente nach ihr gesucht hat. Dass Mama und

Caride mich davon überzeugt haben, dass sie hier bei uns glücklicher sein würde. Dass Vicente sie nach Amerika hatte mitnehmen wollen.

Das war sehr egoistisch von mir.

Ich habe Mama geholfen, diese Briefe zu verfassen, in denen wir Vicente erklärten, er solle ihr nicht mehr schreiben. Sie werde einen anderen heiraten. Und ich habe Mama dabei geholfen, die ankommenden Briefe zu verstecken.

Ich muss an das denken, was du mir erzählt hast. Dass sie sich schuldig fühlte, weil sie für dich die Entscheidungen getroffen hat. Und ich weiß, dass du jetzt denkst, ich sollte dich anrufen. Vielleicht hast du recht. Ich habe für sie Entscheidungen getroffen. Das haben wir alle getan.

Und seit Jahren rede ich mir ein, dass das gut war. Dass sie glücklich war. Sie hat dich so sehr geliebt. Sie und ich, wir haben uns sehr geliebt. Wer weiß, was in dem fernen Land aus ihr geworden wäre, so weit weg von uns. Aber ich weiß, dass es ihr nicht gut ging. Tief im Inneren weiß ich das. Habe es immer gewusst. Ach, könnte sie mich doch hören! Ich weiß, sie würde mir verzeihen. Sie hat immer gesagt, sie sei kein guter Mensch, weil sie viele Leute nicht ausstehen konnte. Aber das ist eine Lüge: Sie war ein sehr guter Mensch, Manuel.

Und jetzt kann ich schon nichts mehr tun. Ich bringe dir Rübstiel, ein paar Flaschen von dem heurigen Wein, ich kann dir erzählen, wie sie als junges Mädchen gewesen ist, dir ein paar Fotos für das Album bringen, das du gerade zusammenstellst.

Und dir die Wahrheit erzählen.

Ich glaube, es geht mir schon besser. Ja, das fühlt sich gut an. Es wundert mich nicht, dass sie dir so viele Nachrichten hinterlassen hat.

Sie war wirklich eine kluge Frau …

(Vorübergehende) Geistige Klarheit

Sara

Ich komme noch einmal auf das Listenthema zu sprechen. Du liebst Listen. Mir helfen sie, meine Gedanken zu ordnen. (Conchita wäre sehr stolz, aus meinem Munde das Wort »ordnen« zu hören.)

Hier folgt die Liste der Nachrichten, die ich diese Woche empfangen habe:

- Meine Mutter hat den Porsche Cayenne zu Schrott gefahren. Mein Gott, als ich die WhatsApp-Nachricht bekommen habe, da hab ich geschrien vor Lachen. Ich konnte nicht mehr aufhören. Die Kinder in der Schule haben mich angesehen, als wäre ich verrückt. Ich habe gelacht wie schon seit Jahren nicht mehr. Und nach einer Weile haben die Kinder auch alle gelacht. Das war der perfekte Domino-Effekt. Mutter fährt ihr Auto zu Schrott, und in zweitausendsiebenhundertachtundneunzig Kilometern Entfernung brechen dreiundvierzig Kinder in Gelächter aus. Einfach herrlich.
- Rodrigo (ein Anwalt, der sich als Kanzleipartner von Marina vorgestellt hat) hat mir die Kopie einer gerichtlichen Klage zukommen lassen, die Rubén gegen mich erhoben hat. Wie es aussieht, möchte er mich mit der Hälfte der Ausgaben belasten, die noch anhängig waren, nach-

dem die Hochzeit abgeblasen wurde. Siebentausend Euro. *Jawohl.* Du hast richtig gelesen. Er hat mich verlassen. Und jetzt will er, dass ich bezahle. Wir sind genau an dem Punkt angekommen, von dem ich immer gedacht habe, dass wir dort nie hinkommen würden: Wir sind getrennt und streiten uns über unsere zivilisierten Anwälte, indem wir versuchen, auf eine möglichst unzivilisierte Weise dem jeweils anderen die Arschkarte zuzuschieben.

- Ich habe eine E-Mail von einer gewissen Rebeca bekommen, die offensichtlich Rubéns Freundin ist. Sie will mich darüber aufklären, dass sie Rubén gerade aus der tiefen Depression herausholt, in der er nach unserer Beziehung gelandet ist, die sie als »toxisch« bezeichnet, und dass ich ihm dabei helfen muss, nach allem, was er erlitten hat. Außerdem bittet sie mich, ich solle sämtliche Schulden begleichen. Ich komme damit überhaupt nicht klar. Rubén ist ein echtes Aufstehmännchen. Innerhalb weniger Monate hat er es geschafft, aus dem Rollstuhl zu kommen. Innerhalb weniger Monate holt er die Ausgaben für eine vereitelte Hochzeit wieder rein und organisiert sich quasi schon die nächste. Und mit ihr komme ich auch nicht klar. Auf ihrem Facebook-Profil (Becky Rivas, Physiotherapeutin, zweiundzwanzig Jahre) trägt sie ein fluoreszierendes rosa T-Shirt. Und gefällt mir fast schon. Ich weiß nicht, welche der beiden letzten Feststellungen mir mehr Angst macht.

- Ich habe im Internet gesehen, dass du die Praxis renoviert hast. Und dass sie sehr schön geworden ist. Wenn ich wieder nach Hause komme, dann könnte ich vielleicht die Möglichkeit ins Auge fassen, zu dir in die Praxis zu kommen und dir von Angesicht zu Angesicht mein Leid zu klagen.

- Mir wurde ein Päckchen mit zwei Dutzend Tuben Hair

Conditioner geschickt. Für normales Haar. Du weißt ja, dass mein Haar nicht normal ist. Nichts an mir ist normal. Es ist widerspenstig und gelockt. Das nächste Mal nimmst du die grüne Tube für »perfekte Locken«.

- *Tausend Buntstifte* hat einen großzügigen freiwilligen Spender gefunden, zweitausendfünfhundert Euro. Weißt du zufällig was davon? Ich glaube, das ist mehr oder weniger genau die Summe, die mein Vater bisher für diese verkappte, als Behandlung getarnte therapeutische Freundschaft gezahlt hat. Ich weiß, dass du sagen wirst, du wärst das nicht gewesen. Ich weiß aber, dass du das gewesen bist. Du bist ein echter Idiot. Und wenn du schon mal dabei bist… du hast nicht zufällig siebentausend Euro übrig, um Rubén zu bezahlen?

Heimkehren (zweiter Versuch)
oder was die Yankees den Murmeltiertag nennen

Viviana

Ich bin früh aufgestanden, denn mein Flugzeug ging mittags um eins. Dem Leiter meiner IKEA-Abteilung habe ich gesagt, ich müsste nach Hause fahren. Ich wolle meine Mutter im Altenwohnheim besuchen.

Und wieder hat nur der erste Teil gestimmt.

Ich brauchte eine geschlagene halbe Stunde, um zu entscheiden, wie groß der Koffer sein sollte. Groß, klein. Groß, klein. Groß, klein.

Groß.

Diesmal groß.

Ich zog Jeans und einen grünen Pulli an.

Dann nahm ich die Metro.

Ich betrachtete mein Gesicht, das sich im Fenster spiegelte. Alicia. Ohne Perücke.

Wieder Alicia.

Der Flughafen kam mir auch diesmal riesig vor.

Ich ging durch die Kontrolle. Zeigte Alicias Personalausweis vor. Ging durch den Metalldetektor. Es piepste. Ich zog meine Schuhe aus. Es piepste. Ich zog den Gürtel aus. Es piepste. Ließ mich von einer Polizistin abtasten.

»Sie können durchgehen«, sagte sie.

Ich zog mir die Schuhe wieder an. Nahm meinen Handkoffer. Drehte mich nicht um. Verließ nicht das Flughafengebäude. Nahm nicht die Metro. Ging nicht nach Hause. Rief nicht den Abteilungsleiter von IKEA an, um zu sagen, ich würde doch nicht fahren.

Die Motoren dröhnten.

Alicia. Endlich war ich Alicia.

Und kein Rückzieher.

Ich brach in Tränen aus.

Warum Oxford?

Marina

Hallo, Carmela,

morgen kommen Rodrigo und Ramón mich besuchen. Sie haben vor zwei Monaten geheiratet und waren in den Flitterwochen hier. Jetzt kommen sie, um bei mir zu bleiben, bis das Kind da ist.

Damit wir nicht die Nerven verlieren. Laut Berechnung sind es noch zwei Wochen. Ich werde nicht allein sein.

Ich fühle mich wie ein riesiges Trojanisches Pferd, eine tödliche Falle in meinem Inneren. Ich stelle mir vor, was du für ein Gesicht machen wirst, wenn du mich das sagen hörst. Nein, Carmela, ich kann nicht leugnen, was ich fühle. Ich wollte nie Kinder haben. Und ich will es auch jetzt nicht. Manche Menschen können nicht Vater oder Mutter sein. Allerdings sind ein paar ganz wenige mutig genug, dazu zu stehen. Es laut zu sagen.

Aber alles, was geschieht, hat seinen Grund.

Das mit Quique ist geschehen, damit Jorge mich verlassen konnte. Das mit Milan ist geschehen, damit ich Diego kennenlernen konnte. Das mit dem Kind ist geschehen, damit ich begreifen konnte, dass ich mich nicht geirrt habe.

Dass ich nicht Mutter sein kann.

Denn alles, was seit jenem Sonntag geschehen ist, an dem Jorge sieben Ehejahre in seinen riesigen grauen Koffer gepackt hat, lief auf diesen Punkt hinaus. Auf diese gemein-schaftliche Wohnung in Oxford. Mein Leben nach Jorge ist fast identisch mit dem Leben vor ihm. Als wäre ich nach Santiago zurückgekehrt.

Es musste jedoch Oxford sein.

Weil ich mit Englisch immer gut klargekommen bin.

Weil es um internationales Recht geht, meine Lieblings-Fachrichtung, nicht um Familienrecht.

Weil ich zwar keine großartige Studentin war, aber eine brillante Anwältin bin.

Weil Rodrigo gute Freunde auf diesem Campus hat. Und jede einzelne seiner Freundschaften ins Spiel gebracht hat.

Weil das Vereinigte Königreich eines der wenigen Länder in Europa ist, in dem die Leihmutterschaft nicht verboten ist.

Vermächtnisse

Carmela

Hallo, Manuel!

Hier ist Raúl.

Kerl, wo steckst du nur? Jetzt hab ich schon dreimal den Anrufbeantworter erwischt. Ich muss dir unbedingt erzählen, was es Neues gibt! Und da gibt's einiges! Es sind neue Freiwillige angekommen. Auch das Mädchen, das du uns geschickt hast, diese Freundin von deiner Mutter. Die ist richtig gut, Alter, aber so was von versnobt, die Tante. Mal schauen, ob ihr die Flausen in den nächsten Monaten vergehen. Vielleicht änderst du ja auch deine Meinung und kommst zurück, und bis du wiederkommst, hab ich sie schon rumgekriegt, zumindest haben wir ihr dann schon was Anständiges beigebracht. Ich weiß ehrlich gesagt gar nicht, was du in Pontevedra eigentlich machst. Damit will ich sagen, dass ich immer noch sauer bin. Ich weiß schon, der Tod deiner Mutter hat dir wirklich zugesetzt. Mir brauchst du da nix erzählen, meine ist erst vor zwei Jahren gestorben. Aber deshalb bin ich nicht nach Lugo zurückgegangen. Ich denk mal, in einer Poliklinik zu arbeiten und Rentnern eine Grippeimpfung zu verpassen, wird dich nicht glücklicher machen. Na gut, du wirst es mir schon noch erzählen.

Valeria kommt auch nicht zurück. Sie hat jetzt eine Stelle als Kinderärztin in einem Krankenhaus in Turin. Es geht ihr gut. Sie sagt, sie bräuchte jetzt erst mal einen Tapetenwech-sel. Hör mal, Alter, ich will ja nix sagen, aber die Frau war echt klasse. Du hattest Alicia doch schon total vergessen. Ich kapier nicht ganz, was dir so im Kopf rumgeht. Ihr wart das ideale Paar. Klar, Alter, ideale Paare gibt's nicht. Ich hör ja schon auf. Muss ja jeder selbst wissen.

Mir ist das jedenfalls nicht mehr aus dem Kopf gegangen, was du mir da erzählt hast. Du ahnst ja nicht, wie mir das reingegangen ist, als du gesagt hast, deine Mutter hätte gedacht, sie hinterlässt dir nichts, und sie hätte nichts erreicht im Leben, und es werde sich schon bald keiner mehr an sie erinnern, außer dir.

Und jetzt zu der Überraschung. Mensch Alter, wie nice von deiner Mutter, dass sie ihr Gold verkauft und uns das Geld geschickt hat! Mit dem Geld konnten wir ganz schön was reißen. Wir haben einen neuen Brunnen gebaut und den Geländewagen repariert. Wir sind ihr alle wirklich sehr dankbar, hier in der NGO. Wenn du auf unsere Website gehst, dann kannst du sehen, dass wir eine neue Unterseite aufgemacht haben, eine mit ihrem Namen, da erzählen wir, was wir mit ihrem Erbe gemacht haben.

Außerdem haben wir unser Feldhospital nach ihr benannt. Wir haben ein riesiges Schild aufgestellt. Das haben wir alle zusammen gemalt. Auch die Kinder. Wir haben Fotos ins Netz gestellt.

Hospital Carmela Suárez.

Das war's. Ich hoffe, die Überraschung gefällt dir. Ich nehme an, das war besser, als Blumen zur Beerdigung zu schicken oder? Apropos, schick uns doch mal ein Foto von ihr, das stellen wir dann ins Netz und posten es auf Face-book.

Wir hören uns. Und überleg dir mal, ob du nicht zurückkommen willst. Und das mit Valeria überlegst du dir auch noch mal, okay?

Und ruf mich an, wir wüssten gern, wie's dir geht.

Servus.

Wahrheiten

Sara

Hallo, Bruno,

als Allererstes werde ich etwas tun, das ich schon lange hätte tun sollen: dir die Wahrheit sagen, denn ich habe dich angelogen. Im Lauf dieser Therapie hab ich dich ganz schön oft angelogen. Eigentlich hast du viele dieser Lügen aufgedeckt. Ich nehme an, mich selbst habe ich auch belogen. Denk an meine erste Lüge: »Es war ein Versehen.« Und mit welcher Überzeugung ich das gesagt habe!

Ich habe dir noch mehr Lügen aufgetischt. Viele. Das wissen wir beide. Wir haben monatelang so getan, als wüssten wir nichts davon. Ich weiß, dass ich dir jetzt die Wahrheit sagen kann. Jetzt schon.

Ich war nicht wirklich in diesen Spritverkäufer verliebt.

Madame Bovary tut mir eher leid, als dass ich sie verachte.

Rubén hat tatsächlich eher einen kleinen Schwanz (und ich schwöre dir, das sage ich nicht nur aus der Verbitterung heraus).

Es gab Augenblicke, in denen ich mich sehr zu dir hingezogen gefühlt habe.

Ich liebe meine Eltern. Ich ertrage sie nur leider nicht.

Ich hatte nie ernsthaft die Absicht, irgendeiner Routinearbeit nachzugehen. Nein, ich sehe mich nicht als Kassiererin in einem Supermarkt. Und ich kann durchaus erkennen, dass das snobistisch ist. Aber es ist die Wahrheit.

Vielleicht hatte ich wirklich die Absicht, das Familienschema zu wiederholen. Man kann nicht wirklich behaupten, ich hätte Rubén genauso geliebt, wenn er Verkäufer an einer Tankstelle gewesen wäre. (Mein Gott! Wenn ich das laut sage, klingt es echt übel!)

Ich mag Sober. Ich schlafe gern zehn Stunden am Stück. Ich mag Wälder und bemooste Mauern. Ich gehe gern in den Weinbergen spazieren. Es ist sehr wichtig, dass das unter uns bleibt. Mein Ruf, ein asphaltsüchtiges Stadtgewächs zu sein, wäre sonst ernsthaft in Gefahr.

Die siebentausend Euro hat Rubén von mir gefordert, weil ich die Karosserie seines Sportwagens demoliert habe, bevor ich hierherkam. Das war der Tag, an dem er mir gesagt hat, dass er Camilo nicht behalten wird. Ich war darüber hinweggekommen, dass er mich nicht heiraten will, aber das mit dem Hund konnte ich ihm nicht verzeihen.

Und als Letztes noch: Ja, ich erlebe es als Bereicherung, hier zu sein. Den Kindern Lieder in unserer Sprache beizubringen. Mir meine Zukunft mit tausend Buntstiften auszumalen. Eine Zukunft, die offenbar zum ersten Mal nicht schwarz-weiß ist. Sie färbt sich orange wie das Abendrot in der Wüste.

Ich erlebe es als Bereicherung, geradeaus zu laufen und nicht wie ein Meerschweinchen um eine Wohnanlage zu kurven.

All das erlebe ich als Bereicherung.

Und jetzt verrate mir bitte eins. Sag mir, bei welchen Dingen du mich angelogen hast.

Denk dran: saraviñas@millapicesdecolores.org

Zwei Monate

Viviana

Wie kann ich dir alles, was in den vergangenen zwei Monaten passiert ist, in den wenigen Minuten erzählen, die mir auf diesem Apparat zur Verfügung stehen?

Zwei Monate, in denen ich nicht auf den Anrufbeantworter zu Hause gesprochen habe, denn ich war ja selbst dort, da kam mir das unnütz vor. Zwei Monate, in denen ich getan habe, wonach mir der Sinn stand. Mich auf die Brücke von Loira zu setzen. Mir den dicken Sand vom Strand durch die Hände rinnen zu lassen. Mich neben den Laden von Cachón zu setzen, mit Inés Kaffee zu trinken und mich daran zu erinnern, dass sie nicht nur meine Cousine ist, sondern ich sie sogar als meine beste Freundin betrachte. Ihr in die Augen zu sehen und nur ihre Augen zu sehen, und nicht die ihres Vaters. Ihr ins Gesicht zu sagen, dass ich ihn nicht besuchen werde, auch wenn er bettlägerig ist, weil ich ihn nicht ertrage, und überrascht zu sehen, wie sie mitfühlend nickt, ohne ein weiteres Wort zu verlieren. Tante Albertina besuchen zu gehen und es gelassen hinzunehmen, dass sie mich mit Inés, mit einer Krankenschwester oder mit meiner Mutter verwechselt.

Zwei Monate, in denen ich nichts getan habe, was ich nicht wollte. Ich bin sie nicht besuchen gegangen. Sie hat es nicht verdient.

Und ich habe dafür gesorgt, dass sie ihr sagen, dass ich hier bin. Denn jetzt, wo sie das weiß, soll sie auf mich warten. So wie ich jahrelang auf sie gewartet habe. Ich rufe sie auch nicht an. Jetzt bin ich die Königin des Schweigens.

In den zwei Monaten habe ich miterlebt, wie Valeria Coletti, gebürtig aus Piemont und mit Medizinabschluss, von Manuels Profil verschwand. Jetzt sieht man nur noch ihn allein. Und er postet regelmäßig Fotos, die aus dem Fenster seines Hauses, hier in Pontevedra, aufgenommen sind.

Er arbeitet wieder in der Ambulanz.

Zwei Monate, in denen ich mich im Spiegel suchen musste. In denen ich Kraft schöpfen musste, um in diese Praxis zu gehen, in der er arbeitet. Um ihm auf eine Weise in die Augen zu schauen, zu der ich bisher nie imstande gewesen war.

Ihm blieb der Mund offen stehen.

»Alicia«, sagte er.

»Lass uns das Buchstabenspiel spielen«, sagte ich. »Sauber.«

Eine Frau mit Hexenschuss unterbrach unsere Umarmung.

Jetzt warte ich hier draußen auf einer Bank der Promenade. Er möchte, dass ich ihm alles erzähle.

Ich möchte einen Ananas-Milchshake.

Wonnepein

Marina

Hallo, Carmela! Hallo, Jorge! Hallo, ihr alle zusammen! Hallo, Oma!

Ich weiß eigentlich gar nicht, warum ich auf diese Mailbox spreche. Doch, ich weiß es: Weil ich jemandem mitteilen möchte, wie glücklich ich bin.

Ach, Carmela, so viele widersprüchliche Gefühle. Glück natürlich, beim Anblick dieses kleinen, runzligen Etwas, das da zur Welt gekommen ist. Es miaut wie ein Kätzchen. Es erinnert mich an unseren Kater Milan. Und das hat mich natürlich traurig gemacht. Die Erinnerung an ihn führt mich zu dir. Und bringt mich zum Weinen. Aber die Freude ist stärker. Die Vorfreude, Rodrigo und Ramón mit ihrer Tochter im Arm zu sehen.

Ich habe gerade einen neuen mentalen Zustand erfunden: die Wonnepein. Das absolute Glück, getrübt von einem Hauch von Nostalgie und einem klitzekleinen bisschen Traurigkeit. Weil ihr schon nicht mehr bei uns seid. Weil ich nicht dafür gemacht bin, Mutter eines so hübschen Wesens zu sein.

Aber ich bin glücklich, weil alles, was geschieht, seinen Grund hat, Carmela.

Schließlich hatte ich Rodrigo ziemlich viel zurückzugeben. Seine Tochter auszutragen war ein Geschenk. Nun ja, wir erfüllen nicht ganz die Definition einer Leihmutterschaft,

aber das regeln wir schon irgendwie. Wozu sind wir Anwälte? Und wenn ich ins Gefängnis muss, dann geschieht das
wenigstens aus einem guten Grund.

Wir haben sie Carmela genannt. Ich weiß, dass ihr das
gefallen würde. Klar geben wir ihr jetzt, da sie kaum drei Tage
alt ist, noch tausend andere Namen. Carmeliña, Carmucha,
Carmelocha.

Sie ist so hübsch! Habe ich hübsch gesagt? Nein! Anmutig.
Mit ganz viel dunklen Haaren. Mit meinen Augen. Und langen Händen wie denen von Diego. Wir haben sogar Witze ge-
rissen. Mal schauen, ob sie sich wohl in Jorgito verliebt, wenn
sie groß ist. Solche Sachen passieren im Grunde nur in Vorabendserien. In solchen, in die du dich wahrscheinlich schon
geflüchtet hast. Siehst du? Da ist die alte Marina wieder.

Leidseligkeit.

Wonnepein.

Na wenn schon. Das ist das Leben.

Sonst nichts.

Offene Rechnungen

Viviana

Hallo, Carmela,

hier spricht Alicia.

Ich weiß, dass du gestorben bist. Mach dir keine Sorgen um mich. Ich habe monatelang mit meinem Vater gesprochen, und der ist auch schon tot. Vielleicht weiß ich gar nicht, wie man ein normales Gespräch führt, von Angesicht zu Angesicht. Ich habe nicht den Mut, mit den Lebenden über die Wahrheit zu sprechen.

Ich weiß nicht, ob jemals jemand diesen Anrufbeantworter abhören wird. Vielleicht nicht. Vielleicht hört Manuel sich an, was ich sage. Mit ihm muss ich ohnehin noch tausend Gespräche führen.

Dir muss ich eins noch sagen, wo auch immer du jetzt bist.

Du hattest recht.

Ich habe Manuel nie das Wasser reichen können. Das war nicht meine Schuld. Ich bin kein schlimmes Mädchen. Ich habe nur im falschen Moment gelebt. Am falschen Ort. Stell dir vor, was aus meinem Leben hätte werden können, wenn ich im Haus gegenüber geboren worden wäre, im Haus meiner Tante und meines Onkels. Wie ich geworden wäre, wenn ich nicht erlebt hätte, was ich erlebt habe. Ich werde dir nicht davon erzählen, das ist nicht der Mühe wert.

Ich möchte dir nur sagen, dass es richtig von dir war, dass du Manuel vor fünf Jahren nichts gesagt hast.

Das war nicht unser Moment.

Ich weiß nicht, ob jetzt der richtige Moment gekommen ist. Aber ich weiß, dass du ihn mir zurückgeholt hast, dass du mich ausfindig gemacht hast. Er hat es mir erzählt. Dass er dir wichtiger war als deine Ängste.

Keine Ahnung, ob du mich hören kannst, ob dieses Telefon dazu taugt, mit dir zu kommunizieren. Ich schwöre dir, ich denke schon seit Monaten, dass so etwas möglich ist. Einfach ins Nichts hineinzureden, das hat mich vor dem Wahnsinn bewahrt und mir die nötige Besonnenheit gegeben, um weiterzumachen. Um an den Ort zurückzukehren, von dem ich nie hätte weggehen sollen. Um Kraft zu schöpfen und in mir nach dieser Alicia zu suchen. Nach der Alicia, die sich im Spiegel ansieht und keine Scham empfindet. Die deinem Sohn das Wasser reichen kann.

Ich glaube, das könnte ich. Ich glaube, ich bin nicht mehr diese Frau, die man erst noch retten muss. Ich glaube, ich habe bereits bewiesen, dass ich mich selbst retten kann.

Mehr wollte ich gar nicht sagen. Ich hätte so gern eine Mutter wie dich gehabt! Eine Mutter, die einen stark werden und wachsen lässt. Eine liebende Mutter.

Sieh dir mein Handgelenk an. Diese liegende Acht hab ich mir in Madrid eintätowieren lassen. Das Unendlichkeitszeichen, genau das gleiche wie das von Manuel, habe ich mir in die Haut stechen lassen, um mit ihm verbunden zu bleiben. Es hat mich die ganze Zeit mit ihm verbunden gehalten, trotz der Entfernung.

»Weißt du, wie sehr ich dich liebe? Unendlich.« Ich bin mir sicher, das hat er dir tausendfach gesagt.

Mir auch.

Mal sehen, ob es stimmt.

Denn ich schwöre dir, Carmela, ich weiß nicht, ob all diese Liebe genügen wird. Wenn nicht, wäre es eine Schande, wir müssen deinem Tod doch einen Sinn geben.

Denn wenn ich mich recht entsinne, hast du immer gesagt: Alles, was geschieht, hat seinen Grund.

Der neue Deal

Sara

»Guten Tag. Sie sind mit der Praxis von Bruno Loueiro verbunden. Es tut mir leid, Ihnen mitteilen zu müssen, dass diése bis auf Weiteres geschlossen bleiben wird. Meine Vertretung übernimmt die Praxis von Marta Picón López. Bitte entschuldigen Sie die Unannehmlichkeiten.«

Du bist wirklich verrückt, Bruno!

Ich wusste es. Ich wusste sofort, dass du hierherkommen würdest. Du hast dich nie ins Bockshorn jagen lassen. Nichts kann dich aufhalten. Dieser beschissene deontologische Kodex. Eine Tür im Garten. Dich kann nichts aufhalten.

Und jetzt bin ich hier, nur dreihundert Meter von deinem Biwakzelt entfernt. Und wenn du dir diese Nachricht auf dem Handy angehört hast, werde ich wie immer eine Nachricht von Brunoloueiro@millapicesdecolores.org bekommen.

Was du mir wohl schreiben wirst?

Dass du nur gekommen bist, um ein paar Monate mitzuhelfen. Und mir Camilo zu bringen (wie groß er geworden ist!). Und dann wirst du mir wieder einmal sagen, dass du mich liebst. Und ich werde dir wieder nicht antworten. Denn so funktioniert das nicht. Ich lerne gerade, im Leben geradeaus zu laufen. Du kannst mich jetzt nicht bitten, einfach stehen zu bleiben. Das mache ich nicht einmal für dich.

Und daher ist das hier unsere neue Vereinbarung: Wir hören nicht auf, miteinander zu reden. Aber die Gespräche über den Anrufbeantworter lassen wir sein. Das wird allmählich lächerlich. Besser wir gehen einfach spazieren. Und reden. Obwohl du mir ein wenig Angst machst, weil du immer ein großer Kerl gewesen bist. Aber das hier ist keine Praxis in der Benito Corbal. Hier weht der Wind.

Eines ist gewiss: Sollte es dir gelingen, die blöde Angewohnheit abzulegen, mich küssen zu wollen, wenn ich am wenigsten damit rechne, dann könntest du mir am Ende sogar gefallen. Mittlerweile ist es wohl einfach eine Tatsache, dass ich nicht ohne dich leben kann. Sicher nicht so, wie du dir das erhoffst. Nicht auf die romantische Art. Aber du hast dich in die argentinische Psychoanalytikerin verwandelt, die hinter mir die Stufen der Sagrada Familia hinunterläuft. Ich habe einmal zu dir gesagt, jeder sollte einen Psychoanalytiker hinter sich haben. Wie recht ich hatte. Ich habe mich dann für dich entschieden. Daher bin ich heute glücklicher. Ach was, Scheiße! Ich bin vollkommen glücklich (von den Haaren abgesehen, es gibt hier einfach niemanden, der sie glatt bekommt).

Ich habe verstanden, was es heißt, in Freiheit zu lieben. Ohne etwas dafür zu fordern.

Reg dich nicht auf. Ich spreche von Camilo, nicht von dir.

Oder von Omar.

Oder von allen Omars.

Ich denke noch an Rubén. An seine Physiotherapeutin. Ich weiß nicht, ob ich ihn immer noch liebe. Ich glaube schon. Obwohl ich jederzeit wieder seinen Sportwagen demolieren würde. Kindisch, ich weiß. Ich bin kompliziert. Aber durch dich wird alles einfacher. Du bist der Einzige, der mich dazu gebracht hat, das Joggen aufzugeben, nicht mehr meine ewigen Runden zu drehen. Dir hab ich es zu verdanken, dass ich kein Meerschweinchen mehr bin.

Und das ist alles, was ich dir sagen kann.

Vorläufig.

Lügen (oder nicht)

Viviana

»Lügen ist einfach. Das Schwierige daran ist, es gut zu machen.« Ich erinnere mich, das war das Erste, was ich dir auf diesen Anrufbeantworter gesprochen habe, wenige Monate nach deinem Tod. Ich erinnere mich, dass ich verzweifelt war, weil ich ein Flugzeug nehmen und von dir Abschied nehmen wollte. Und es nicht konnte. Bis ich nicht wirklich frei war, konnte ich das nicht, Papa.

Und jetzt merke ich, dass diese erste Behauptung falsch war. Das Schwierige ist nicht, gut zu lügen. Das Schwierige ist, gar nicht zu lügen.

Ich konnte Manuel nicht die Wahrheit sagen. Ich konnte nicht.

Ich habe beschlossen, die Sache anders anzugehen. Ich habe ihn ins Haus geholt und die Nachrichten vom Anrufbeantworter abgespielt. Wir hörten uns diese ganzen Anrufe an. Gemeinsam. Hier. In diesem Haus. Demselben Haus, in dem wir immer zu Abend gegessen haben, in dem du geredet und geredet hast und Mama die Königin des Schweigens war.

Weißt du was? Es wäre schön, wenn das Leben ein Liebesroman wäre. Dann würde Manuel mich küssen und mir sagen, es mache ihm nichts aus, er habe mich immer geliebt.

Und wieder stimmt, wie bei allem, was ich sage, nur die Hälfte.

Er liebt mich.

Es macht ihm was aus.

Sogar ziemlich viel.

Seit ich es ihm erzählt habe, ist sein Blick so getrübt wie meiner.

Wir beginnen, uns richtig kennenzulernen. Unsere Buchstabenspiele enden oft mit Worten voller Schmerz, aber dann wieder haben wir das Gefühl, es gäbe Hoffnung. Und wir suchen nach dem Licht in dieser Geschichte voller Schatten. Wir stochern im Schmutz meiner Vergangenheit und picken uns die guten Dinge heraus, den Chachacha von Abigaíl, Paulitas Tänze, die Ruhe bei mir zu Hause, Roscof mit seinem Tequila und die Erinnerung an all die Irinas, Ivanas, Nicoletas und Milenkas.

Und ich lerne, Viviana allmählich zu vergessen.

Er will diese Alicia kennenlernen.

Eine neue Alicia, die keine Angst hat. Die nicht zurückblickt, aber auch nichts vergisst oder verzeiht.

Eine Alicia, die es fertigbringt, auf den Friedhof zu gehen und sich von ihrem Vater zu verabschieden.

Die Alicia, die nicht mehr mit einem Apparat reden muss. Weder zu dir noch zu sonst jemandem. Ich habe alle offenen Rechnungen beglichen. Jetzt schon.

Und so werde ich dir eines Tages einen Besuch abstatten und dir erzählen, dass meine Geschichte mit Manuel weitergegangen ist. Oder auch nicht. Aber vielleicht ist das auch nicht das Wichtigste.

Wichtig ist mein neues Leben ohne Perücke.

Wichtig ist, dass es einfach ist zu lügen, aber dass diese Alicia nicht mehr lügt.

Komme, was da wolle.

Jetzt nicht mehr.

Danksagung

Dank an Nando, Yoana und Sabela. Mein ganzes Leben. Das andere.

An Alejandro und Miluca. Besser ich sage euch hier, dass ich euch liebe, statt es einer Maschine anzuvertrauen.

Und wie könnte es anders sein: Dank an alle, die mich bisher begleitet haben, per Telefon. Ihr seid immer am anderen Ende und hört euch an, was ich euch zu sagen habe. Ihr seid der Anrufbeantworter meines Lebens. Hier kommt die Liste. Mercedes Corbillón, Marta Novoa, Chus Lorenzana, Yolanda Nava, Gena Outeda, Manuel Menéndez, Eva García, Juan Morán, Vicente Fernández. Ihr habt nie meine Hand losgelassen.

Ihr seid mehr. Viel mehr. Das sage ich immer. Man sagt, es ist besser, man hat wenige Freunde, dafür aber gute. Nun hat mir das Leben aber viele Freunde beschert, und zwar ganz außergewöhnliche. Ich will euch alle nennen. Die aus meinen WhatsApp-Gruppen, die aus Galicien und aus der ganzen Welt. Wieder einmal seid ihr alle dabei. Portabales und Vangeneberg. Augas Mansas. Coffee Girls. Paules Girls. Penas y allegados. Chímpalle Unha Jaseosa, Morning Coffee. Souto, Rafaelas e Achejados. Francino's Boys and Girls. Los de la Intervención. Chuletón Party. Ornitorrincos Power (Pablo Zaera, danke, dass du an mich geglaubt hast, als ich selbst schon aufgegeben habe).

Und von allen Gruppen vor allem diese beiden:

Dank an die Gruppe B* World: Salva Terceño und Asier Susaeta. Dafür, dass ihr die dunklen Tage mit strahlendem Vitamin B füllt. Weil der Zauber nicht am Gleis 9 ¾ liegt, sondern im Stockwerk 7/15.

Ich danke den Meopremas. Weil ihr mir das Leben schenkt. Ihr alle. Ich danke dir, Ángela García, mein *Fan Number One*. Und mit Erlaubnis der anderen danke ich euch beiden, Luisa Cabaleiro und Dori Sanjorge. Weil dreißig Jahre nicht nichts sind. Weil alles, was geschieht, seinen Grund hat. Weil ich euch liebe. Unendlich.

Kapitelindex

MARINA

CARMELA

SARA

VIVIANA

Leïla Slimani

Dann schlaf auch du

Roman

224 Seiten, btb 71742
Aus dem Französischen von Amelie Thoma

»Eine grandiose Erzählerin.« ELLE

Sie wollen das perfekte Paar sein, Kinder und Beruf unter einen Hut bringen, alles irgendwie richtig machen. Und sie finden die ideale Nanny, die ihnen das alles erst möglich macht. Doch wie gut kann man einen fremden Menschen kennen? Und wie sehr kann man ihm vertrauen?

»Wie heiß und kalt duschen. Ein großartiger Roman.«
Frankfurter Allgemeine Sonntagszeitung

»Leïla Slimani ist die neue Stimme der französischen Literatur.«
ZEITmagazin

btb